U0522747

商务印书馆（成都）有限责任公司出品

从失去开始的永远

刘阳 著

商务印书馆

目录

序

带着怀想旅行

3　你我装作爱旅行
9　中年男的烤红薯
13　当神仙遇上杀手
19　猪样年华
23　如果人人都和方济各一样
27　思念一个日本男人
32　诗人如何爱国

- 37 我们的食堂充满阳光
- 41 时光旅行者与瞬间收藏家
- 46 减笔新疆游记

从失去开始的永远

- 53 属人之爱的局限
- 64 礼物
- 65 以书为证
- 74 哀恸的人有福了——论悼亡诗
- 81 古诗杂读
- 86 朋朋二三事
- 89 为何信仰
- 94 凭灵魂相认

吃书人

- 101 令人心惊的当代英雄
- 105 病人的背后
- 109 纳妾与自杀的"两头蛇"们
- 117 贫民窟里的一根芦苇
- 123 宋朝不远,理想不近

127	梁漱溟的背书
131	后青春的庄子
135	当克尔凯郭尔遇见王阳明
139	人在琼楼第几层
143	乱世抉择
147	不早不晚，在明朝
151	霍乱依旧，爱情之上
155	在路上的爵士
159	命运中的那片密林
163	事关乳房
167	黑非洲的笑声
171	像词典一样追忆20世纪
175	伯罗奔尼撒的消息
179	黑泽明说
183	吾儒
187	关于杨过
191	兰圃与卡尔维诺的树男
198	那些形象

201　董贝怎么可能幸福？

守望时代

207　深渊上的爬行

211　媒体在当下的有限责任

215　"人本"的回归与庆典

224　消费、收费与公费

228　2009的信与望

232　在什么层面上，我们彼此相似？

236　不单要震动地，还要震动心

239　天灾叩问县级化生存

243　传统在那，文化在哪

247　效率的反面

251　作为时评家的孟子

255　"中国制造"的信用重塑

259　我们是谁的人质？

263　在一个更广大的计划里

序

我们是柴

回想三十一、二岁那段日子,觉得自己很辛苦,也很无奈。辛苦是因为,从青春期自我形象逐步确立开始,就一直以自我完善为座右铭——为了更明白自己而去读心理学;为了清理成长中的垃圾而反刍童年经历;为了评估环境而去看这个世界上是否有一个地方更适合我,我被自己所困扰,周围人却仿佛过得好好的;为开发潜力而去学习提高创造力、思辨力;为了不傻傻地被灌输而努力主动去读更多的书,凡事都想要经过自己头脑的判断再做出选择……如此种种,不一而足。

结果,在三十出头的时候,仿佛再也走不动了。我几乎看清了自己的所有缺点,却无法有任何改善;我为自己的错误能够做出的极限行为就是勇敢的道歉,却不能保证不重复;对内我只好接受自己这样的境况,对外依然热衷于维护自己的尊严与价值。环顾左右,那些从没有为适应社会发过愁的朋友,已经成家发家生子了，我连自己都没搞定，却不情不愿地被拖进必须面对的真实生活，为买房子操心，为供房子操心，为是否繁殖何时繁殖操心，为还没有出现的下一代提前操心，为自己怎么这么容易操心而操心……

原有的价值观，只能支撑我站在成年世界的门槛上不倒下，摇摇晃晃，身后是相对单纯的风景，接下来迈出去的一步，将是人生中真正不可逆的变化。从未来的方向，飘来一阵混合着复杂、琐碎、丰富的气息。

就在这个时候，我的爱人病了。于是生活里有了具体需要作战的对象，原有的操心都成为次要矛盾被射向远处的木靶，在医院里，一份踏实的责任必须要尽。

值得感恩的是，当时我的爱人已经拥有了基督信仰，于是，在将近3年的时间里，一幅简化的图景就是，我照顾她的身体，而她照顾我的灵魂。虽然在她生前，我也做出了与她信仰一致的决定，但真实情形是，我并没有能体会到与她在灵里的合一，她几乎独自从信仰里汲取力量，在病床上带给人温暖，把死亡变成了一份对于我来说，无法退回去的礼物。

这份愧疚，使我决心跨过门槛。当我站在门外的时候，门是那样真实，而当我站在信仰的门里之后，才明白我自己才是受益最大的那个，才真正明白了，信仰的种子需要生命的浇奠。两千多年前，有人为我们能够信仰而付上了生命的代价，而今，妻子的死把隐藏在历史深处的代价拉进我当下的生活。

我日益浸濯在信仰的河里，看真理越发信服，看自己越发惭愧，看世事越少偶然，看生活越发感恩。原本对世界逐渐失去兴趣与动机的我，重新关注世界，寻找自己天命的方向。一切都一样，一切都不一样。我慢慢体会到，靠自己那点小聪明不能做什么，自以为是的智慧以及使用智慧的方式，令人羞愧。

我没想到，在我经历这一切的同时，有一个女孩正以不同的方式经历着相同的生命被信仰改变的过程。当我们相遇，我真实地在生活中触摸到恩典，以往，我更多感受到信仰所要求的超越。这一切帮助我不断确信，无论我、我已经离去的妻子、我现在的爱人，我们都走在同一条路上，所谓"薪尽火传"，即我们是柴，信仰的精神是那火，他必兴旺，我必衰微。

而这里的文字，坦率讲全部是半成品，是我在更新自己的路上沿途留下的生命记号，那最终的样式没有人能知道。我曾因此而拒绝结集出版，当我终于辨识出这份表面的谦卑背后是根深蒂固的自爱时，我想我必须学会不看自己，不怕显露曾经的样式，因为我们此生永远也无法完美。这些真实的记号，或许能为那些同样身在中途的旅人提供一些感同身受的慰藉或是善意的提醒。

道不远人，寻者自见。这一些文字，能够佐证的，或许只有这一点。

刘阳

2010 年 8 月 30 日

带着怀想旅行

你我装作爱旅行

很小的时候，小到一个男人还没沾过一滴酒的时候，小到他还没独自离开过家的时候，就被一个叫李白的人迷住了。"李白斗酒诗百篇"，迷到用橡皮刻了一枚图章，"一生好入名山游"。

后来，上了一所要坐60个小时火车才能到的大学，咣当当，咣当当，从三角梅芭蕉到雪花落叶杨，我睁大眼睛一丝不苟地看过从夜进入白昼以及从白昼进入夜的每个细节。后来，读川端康成的《雪国》，开篇就很亲切——"穿过县界长长的隧道，便是雪国。夜空下一片白茫茫。火车在信号所前停下来"，夜晚的车窗像半透明的镜子，"镜面映现的虚像与镜后的实物好像电影里的叠影一样晃动"，镜中浮现着姑娘动人的脸庞，好像漂浮在流逝的暮景之中。

仿佛我和他握了握手，他瘦小的身体，我知道他是一个爱旅行的人，《伊豆舞女》也是一个证明。我19岁的时候一个人挑了一座岛去旅行，就因为看到他写，"那年我二十岁……独自到伊豆旅行。"

不过，我没能写出中国版的《伊豆舞女》，也不全是才华的差距，依稀还记得，当年的旅行日记里充斥着半夜被蚊子咬醒后的血腥追杀，以及那座岛上的中国"舞女们"非要挤进你房间的执着：先是不停打电话，然后敲门，然后送开水，然后来找一个名叫"小红"的妹妹。

稀里糊涂就这样开始了自己的旅行，毕业后选了一个叫北京的城市工作。在几乎所有的首都报纸都在讨论汽车尾气排放那一年，我分别去河北和山西做了两趟短途旅行。在河北正定附近一处地界，穿着打扮得像日本兵的民工走出一座石灰窑，浑身上下，只有眼睛里面嵌着一小块黑。在山西河津的中巴车上，上来一个挖煤工，一个人坐在发动机盖上对着一车乘客，浑身上下，只有眼睛里面嵌着一小块白，咧嘴的时候，牙齿闪着白光。这"黑白双煞"提神醒脑，后来才知道，媒体上对此有个标准说法，叫"发现另一个中国"，或者叫"主流对边缘的寻找"，暗自透着一股身居主流的得意劲儿。

走着走着，某天忽然发现，喜欢旅行的人好多啊。这世界上只有两种人，爱旅行的和不爱旅行的。走着走着，某天忽然又发现，还有一种人，是装作爱旅行的。

比如，一个叫阿兰·德波顿的英国人，专门写了一本《旅行的艺术》，据说英文版卖了40万册，其实他不过是一个典型的伪旅行爱好者罢了。当他故作睿智的在飞往目的地的途中感慨（巧得很，他也是前往一座岛），"我也许会因此更真切地体验到我们所身处的地方对我们心智的旅行的影响是如此之小……只有当我们不必亲临某地去面对额外的挑战，我们方能最自如地置身其中"，随后，因为与女伴吵架而顿悟了良辰美景也不能保证带给人快乐，并上升到哲学高度总结了一下，"我们所想见到的总是在我们所能见到的现实场景中变得平庸和黯淡"。

这样的旅行经历实在令人同情。旅行的魅力之一就在于只要你谦卑地进入未知之地，几乎总能有新鲜的感受超乎你的预期。而超乎预想的程度几乎总是与到达目的地所必须接受的挑战难度成正比，克服挑战也是乐趣的来源之一。

如同政治正确一样，不爱旅行似乎很不正确；如同意识形态一样，旅行也总结出自己的口号——"不走寻常路，只爱陌生人"。应该就是从那时开始，出现了一批装作爱旅行的人；也就是在人们丧失了对身边的邻人付出时间与精力建立亲密关系的勇气，丧失了在每日的生活中感觉充实与喜乐的能力之后。

这些人生活在别处，随时准备离开人群，走向远方，或者"我的肉体在家里，我的灵魂在隔壁"，因为他们觉得这个社会僵化、保守、自私，老面孔让人审美疲劳，不要天长地久，只要曾经拥有。于是旅行者被赋予了一种超越他们所能扮演的角色：以疏离对抗体制，以漂泊经验对抗按部就班的市民生活，仿佛人通过旅行就能成为"冷漠社会里一股流动的暖流"。

然而现实却是，这样的旅行不过是出去透口气的挣扎。因为找不到出路，他们心里都知道，有一个现状岿然不动等待着人去适应。留守的确很难,但左右看看,留守的人留下了,可也没守住什么;面对了,可做到真实了吗?于是就坦然地以犬儒的姿态做出一次次为了返回原地的逃离,然后重新坐到写字楼格子间的卡位里,接着忍受生活的平庸与窒息,直到下一次发作。

像嗑药一样,在被迫旅行的时候,我曾以为我很自由。我在各处都可以找到我自己,又或者说,我走遍各地却没能走出自己。我可以为旅途上一所希望小学的孩子发起一场募捐,却不愿坐下来听我的同事聊一聊自己的困扰,急切地把他打入"道不同不相为谋"的另册,妖魔化所有与我们不同的人,从未尝试着进入他们的情境。

而这个德波顿在书里表露了自己的雄心:对旅行的艺术的研究可能在一定意义上帮助人们理解希腊哲人所谓的"由理性支配的积极生活所带来的幸福"。他真的确信人是可以理性生活的吗?看看人类的历史吧,如果说希腊人因为处于人类的早期而缺乏足够的案例让他们清醒地承认人性的败坏,那么一个现代人应该很容易就认同巴特尖锐而坦率的看见——"历史本身——而且这里所指的不是人类的丑闻史,而是人类巅峰时期的历史——就是对历史的谴责"。在这样的谴责中,个体借助旅行艺术表达的对于幸福的憧憬,显得多么无助和自欺。

德波顿在引用《圣经·约伯记》的时候,几乎完成了一次最深刻的探索。他注意到,当正直的约伯质问上帝,为何自己屡遭磨难时,上帝的回答是罗列了一串伟大的自然现象,让他在壮阔的大自然里思索人自身的有限性,接受神的智慧超越人类理解的权能。

可惜的是,德波顿作为网络时代的才子也患上了网络才子的通病——他所引用的材料本身的价值,超过了他对材料的分析。他在自以为高明的分析中,认为约伯的疑问从世俗层面也能找到答案,"如果这个世界不公平,或让人无法理解,那么壮阔的自然景致会提示我们,世间本来就是如此,没有什么好大惊小怪的"。直白一点说,天若有情天亦老,天地无情,人又何必有情呢?在唯物的世界里,在冰冷的所谓客观规律面前,心安何处,情何以堪?德波顿挥挥衣袖说,出门旅旅游就好了。

其实,有些口口声声激愤地宣告"我讨厌旅行,我恨探险家"的人,倒是一个恰如其分的爱好者,有背包客的真性情,就像列维·斯特劳斯在《忧郁的热带》里一开篇所做的那样。作为一名人类学家,斯特劳斯洞察了人们赋予旅行的种种虚伪的符号价值。在人的世界里,爱并不难,爱得对、爱得不再互相伤害才难。

回到旅行本身,按照它本来的样子爱它,它也才能因为自身的价值而可爱。正如帕斯卡尔为了人虽脆弱如芦苇,却是一棵会思考的芦苇而感恩;旅行者同样为了我们拥有审美的能力而欣欣然微醺于山前月下。站在无边风物之中,我们庆幸自己生而为人,得以欣赏这创造者的杰作。

目的地并非一个道德的存在,旅行不应使自然被宗教化,永远不必相信一个心灵残疾的现代人,某一天通过旅行实现了自我救赎的神话。否则，爱旅行的川端康成，也不会口含煤气管自杀。最终安慰了约伯的不是上帝回答的具体内容，或者壮阔的自然，而是上帝亮相回答问题这一行为本身，让约伯"从前风闻有你，现在亲眼看见你"。有谁，会拒绝被宇宙的终极者所安慰呢？只要他存在，就意味一个莫大的安慰。

中年男的烤红薯

十九岁时，出于对沧桑感的向往，在大学图书馆里读过《人生五大问题》、《恋爱与牺牲》，还有罗素的《论幸福》，当时很感慨。而今想来，人没活到那个份儿上，书读早了，只能当是隔靴搔痒。具体内容全模糊了，只隐约记得里面有的是老年人的睿智，比如"要想幸福，最好不要过于频繁地回忆过去"之类。

有些书，似乎生来就是为吸引半懂不懂的头脑去注意。等有了自己的阅历，在生活的峰谷之间庆幸着喘息着，只会在早八点的马桶上被一叠报纸里"局长日记"的细节刺激得"咿呀"连声，哪里还能对这种题目起劲。再追杀一句，现在有总编能容忍自己媒体上出现一篇文章叫个什么《人生五大问题》或是《恋爱与牺牲》吗？

也想过可以重读，感受必与十几岁时有大不同。不巧后来知道罗素结过五次婚，于是只顾着惊讶他怎能还有这么好的心理素质，跳出来"论幸福"。从前，伟人很多，十有八九是因为从前媒体不发达。如果他的四任前妻能与他合作出书会更有说服力。

那会儿还一门心思钻研过一阵心理学。用当时的时髦话说,"探索自我",探索的目的很明确——"完善自我",并不是因为遇到什么过不去的坎。

当时,中国主流哲学就像3·15晚会上被曝光的产品,信誉的破产一夜之间波及所有哲学家的品牌形象,让人们连带着对大哲学家写的人生手册也失去了热情。但心理学的命运不同,如今俨然成了显学,因为人们普遍迷茫、不幸福、安心无处、不是对眼就是目光失焦。心理咨询师考试的辅导班常常人满为患,里面拥挤着无数中青年。

甚至有人预测,在接下来的30年里,心理学将成为中国最大的热门。几乎可以想见,心理学作为一门技术被寄予的厚望,很可能已经超过了它本身所能供给的。

与时俱进,我翻开《人格心理学》。合上书,幸福指数更低了。虽然书中罗列的理论,以前多少都接触过,但应了开头的感慨,很有"读早了"的嫌疑。比如,埃里克森谈到的中年危机,当时的我就没法理解,因为那会儿我的困惑是,人要是过了三十还能怎么活着?

埃里克森认为有一个叫作"中年自我存在危机"的东西,每个人都需要经历。人在该阶段的主要问题集中在自我关注与繁殖需要的矛盾。事情不仅在于是否继续做不要孩子的"丁克",而是更复杂一些。与青春期的骚动和青年期的求偶问题不同,中年危机更接近人生的本质。

"必须为生活选择一个重心，生活的盒子空一段时间，如果自己不选择东西填补，生活的惯性会替你选择其他东西。"

一不小心有了孩子，就顺其自然生了养了，这就是多数中国人惯性选择的东西，这个选择最正确的部分仅仅在于它符合生物规律。于是，孩子就成为许多中国人的宗教。当人们的生活开始为了另一人转动的时候，他们才彻底明白世界原来不是围绕他们自己转动的。但这种心理改变往往带有过浓的生物性，缺乏理性与灵性的思考，所以原生家庭的问题很自然也一并传递给新生命了。

对于人格的形成、交往模式的确立，童年环境的影响大到令人发指。童年的最大问题是儿童对于环境没有选择权，自我的主体性完全无从伸展，甚至无从确立，而生活已经在塑造你了。

而中年是一个人最后的机会，除了繁殖，事关创造力的发挥，用婚介术语表达，就是"事业是否有成"，解决不好，进入老年之后的悔恨是很令人恼火的。"你甘心吗，一辈子就这样老去？"据我所知，某报在初创期就祭出这个旗号，吸收了一批痛下决心最后一搏的"问题中年"，在当时媒体整体水平低下的情况下打造了自己的影响力。

且慢放下迈进中年门槛的那只脚，过往的事业（资源与资历的积累）如果此时不做清理，之后的路径依赖将越来越大。人会不由自主顺着惯性滑行。或许会滑到高处，但迟早会滑到低处，因为上坡路与下坡路，原本就是一条路，那时你才可能体会到：对于这样一条路来说，走在上面是否感觉有意义，才是更关键的。

美国作家鲍伯·班福德在中年之后将自己的人生彻底翻转，在《人生下半场》里他说："上半场快结束时令人心烦意乱、焦躁不安的原因是，我们知道自己真正的价值就在某个地方，但究竟在哪呢，要你自己去找。"而埃里克森通过案例搜集证明，宗教在这一阶段往往能够突入生活。原因可以想见，想要改造一个中年分子，或许只有上帝才敢揽下这单瓷器活。

说到底，人在充满诱惑与冒险的生活中老去，多少值得同情。任何一本心理学综述，都适合以马斯洛需求层次的升华天梯来结尾，无他，人需要鼓励，往日不可追。尽管马斯洛的阳光经不起深究，因为人在自己身上，在历史身上，在此世里，找不到乐观的确据。

我曾长久躺在性格的角落里，几乎勘察了整间屋子，却纵容自己舒服地懒在弱点中。所谓性格即命运，就是这个样子吧：逛了一圈御膳坊，却宁愿蹲在墙角啃烤红薯。人即便在一本书里明白了人性的所有来由，也无法在现实选择面前形成果决有效的判断。

我之前一贯倾向于，在投靠价值观一事上必须掌握"新的不来，旧的勿去"本领，即如无强大的新靠山，不要轻易后悔，必须死硬。这一招是偷存在主义的。后来，萨特之所以被我毫不留恋地抛弃，因为他的气息是冰冷的，当我春风得意之时他不站在我的身边，不是因为他谦虚谨慎，只是因为在我最痛苦失意时，他同样不会出现。无论怎样，当时的那个我，都希望身边有人同在。一个蛮有信心的"同在"，胜过所有理论。

当神仙遇上杀手

李一道长值得感谢,原因很简单,他为中国人民的精神解放事业做出了贡献。他宛若仙人翩然蹿红,各路媒体相继报道,文化精英轮番表态,他将中国人民长期以来被压抑的灵性需求彰显于世,客观上促进了精神解放的脚步。

这种对精神解放事业的促进,首先表现在,他揭示了我们的精神仍然被拘束、我们的精神需要被解放的事实,尽管被拘束的当事人可能已经习惯了。李一使我们看到,当代中国人的灵性饥渴已经到了一个怎样的地步。为回应这种饥渴,李一好像盼望生育的妈妈,挥动着手里的验孕纸,急切地宣布"中国,我有了"。

对于这幅场景,许多人被激发出一股积累了六十余年的唯物主义义愤,举起老枪作为批判的武器,觉得自己有义务也有能力先把神仙一枪击毙了事。其实好像你叫来的送水工却把桶装水送到了你家楼下,小区、户型、朝向都对,只是低了一层。盲目套用智商、情商领域的规律作为瞄准镜,全然不知这世界上还有"灵商"一回事。而且,你原本想雇的是一个杀手,结果却用一桶清水浇灌了他。

错位的根源在于：神仙与杀手原本就是一块地里长出来的庄稼。在中国，"精神"一词在被使用的过程中清晰地显露出它的内涵和功能。最为普及的用法是"精神文明"，这个用法体现了一个群体在最不文明的层次上对精神的理解。它还常常指"不顾一切做某事的愿望"（例句：这是一种什么样的精神啊）。这种执着一旦过度就容易生病，近年精神病成为流行病，人们渐渐能够对其抱以文化上的同情。

就像这块地里的庄稼普遍缺钙一样，上述挂一漏万的举例反映出一个共同的特点：忽略了人是有灵性的，我们对精神的理解严重缩水了。灵性需求与食欲、性欲一样，无法被长期压制，能最有效回应灵性需求的无疑是宗教。前苏联就曾从无神论立场出发，将宗教与酗酒、毒品视为一类，对神职人员进行宣传丑化、征收财产，要"把神父作为一个阶级在肉体上消灭掉"。结果，苏联先解体了。

"宗教就像一颗钉子。你敲得越厉害，它就钉得越深。"当一种需求越是被压抑，它就越是难以被消除，直至出现反弹式消费。无非是"红市"没得买，就去"黑市"，或者介于合法与非法之间的"灰市"。以基督教为例，经过"文革"的极度压抑之后，2009年中国社科院公布的基督徒数据已达7000万。这个速度在世界宗教史上都堪称罕见的宗教大复兴。同时，其他宗教和准宗教也日渐红火，包括气功热、修庙热、公祭热、儒学热等等。

这一现象理应成为主流媒体关注的新闻热点。在一万名粉丝夹道欢迎偶像、两个老板追求同一个女演员都能成为报纸头条的时代，为满足几亿中国人灵性需求而产生的灵性产品市场的生产与消费状况，却几乎得不到一个字的呈现。当部分市场化新闻媒体敏感到这一动向并探索性地报道，却被讽刺为"满天神佛"。这类意见在骨子里其实仍未学会在一个开放社会下看待媒体应扮演的角色，仍未学会像一个职业的信息披露者那样跳出自我、尊重现实。

当然，敏感和勇敢与媒体报道的质量是两回事。只是，当人们被噤声太久，第一次听到唱歌的时候，才惊讶地发现自己的听觉鉴赏力已经退化了。李一的举动彻底暴露了当下许多人的灵商几乎为零的尴尬现实。

在灵商的适用领域，媒体从智商角度出发的单纯记录与揭露，都面临失效的风险。怎么证明一个人是不是神仙呢？能否掌心煎鱼？能否水下闭气两小时？如果上帝在天上看着，真要笑岔气了：人类通过比赛谁更像电煎锅，谁更像水生物，来证明自己是神仙。即便李一可以掌心煎鱼，也不过是厨房生活比你我更熟练而已。

方舟子调查唐骏的学历，白纸黑字，一查一个准，质疑李一的奇功异术也大有可为。但他却偏要借一把嗓子跳出来高喊"宗教是对人类尊严的侮辱"，明显是脑袋一热，把汽车开上天桥了。

好的灵性产品，是直觉的洞察力、思想的体系化与道德的有益性的结合，其核心功能是为人生提供意义，解决存在的虚无感。

像鱼像锅又像仙的李一，无论他在术的层面上是真是假，无论他是否能帮助人们活得更便捷，人们首要判断的是其是否具有生产意义、提供价值的能力。老打法看着热闹，但属于没能找准七寸的一通乱棍，甚至客观上能起到帮助道长整风的作用——清理队伍里意志不坚定的跟随者，剩下铁杆会员：无论是否像鱼又像锅，我们永远跟随您！

当然，李一本人并未放弃对思想的追求和展示，"以道家精神倡导人类新文明"。年初就报道过李一的某财经杂志在其举办的商业论坛上邀请李一，寄望用天人合一的传统智慧帮助企业实现绿色增长。

弄清楚"低碳"和"辟谷"的区别并非难事，《道德经》里的确有许多尊重自然的表述，但如果老外也学习中国人的模糊思维与类比联想，大可质问：以色列先民除了有环保理念，更以诫命的方式进行了制度安排：每劳作6天后，就要守安息日，每劳作6年后，就要守安息年，之后的第五十年，要作为禧年；在这些日子和年份里，"不可耕种，地中自长的，不可收割"。时间比老子早多了！靠比谁的祖宗更环保来为自己背书，李一的努力值得同情。

另有一派人士，企图通过断定一个事物的来源是卑下的，来打消其精神价值。他们通过狠挖身世以图粉碎道长的神话，在网上爆料称李一原是"李二娃"，从小打架斗殴，高中辍学，学了一身胸口碎大石的武艺，因为傍上某位市领导而成功转型为道教人士,利用关系四处敛财云云。上述行状已被某周报记者通过调查证实。

通过考证一个事物的起源、构造和历史,帮助人们形成判断,这个办法针对存在命题是有效的。但威廉·詹姆斯在《宗教经验之种种》里提醒说,存在命题的逻辑不应该沿用到信仰领域的价值命题。《圣经》里有段故事可以凸显两种逻辑的不同:

耶稣回到家乡,在会堂里教训人。众人都稀奇,说:"这人从哪里有这等智慧和异能呢?这不是木匠的儿子吗?他母亲不是叫马利亚吗?他弟兄不是叫雅各、约西、西门、犹大吗?他妹妹们不是都在我们这里吗?这人从哪里有这一切的事呢?"他们就厌弃他。耶稣对他们说:"大凡先知,除了本地本家之外,没有不被人尊敬的。"

如果信徒因为耶稣曾是木匠之子而不相信他是神的独生子,为了爱的缘故甘愿为人的罪死在十字架上,并在三天后复活,那么基督教早就消失了,牛顿、帕斯卡尔、孙中山、林语堂也就不会成为基督徒了。

灵商所形成的,是价值判断。直白说,他情我愿,与你何干?詹姆斯的判断标准倒是很实用:不论出身,而通过结果来识别各路神仙的身手。看看李一所结的果子吧,他的道观就像一家公司,产品或说企业文化大可归入巫术,传统文化里的"道",只是李家店挂在门口的羊头。

当然,他不了解中国人的灵商状况,他以为,例如特蕾莎修女，她在信仰的力量支撑下毕生服事贫苦人，获得诺贝尔和平奖，这样美好的结果足以证明她的信仰是值得尊重与信靠的。但本乡本土的逻辑是，人们口中动辄仰慕特蕾莎，却对她为什么能做到这一切漠不关心，视为虚妄。他们内心深处的真实想法，或许认为她就是一个傻子，像 Made in China 的那些榜样一样；他们真正需要的，只有他们自己知道。如果有人质问他们，"你们汲汲于争名夺利，而不思考如何理解真理，如何改善自己的灵魂，不觉得羞愧吗？"不知他们将如何作答。

苏格拉底就曾这样质问雅典的陪审团，最终被判处死刑。在微笑着喝下毒药之后，他说："现在我该走了，我去赴死；你们去继续生活：谁也不知道我们之中谁更幸福，只有神知道。"

猪样年华

"插队的时候,我喂过猪,也放过牛。"这是王小波一篇文章的开头——《一只特立独行的猪》。文章记述了一只不肯按照人类规矩被圈养被劁掉的公猪的事迹,结尾,小波说:"我已经四十岁了,除了这只猪,还没见过谁敢于如此无视对生活的设置。相反,我倒见过很多想要设置别人生活的人,还有对被设置的生活安之若素的人。因为这个缘故,我一直怀念这只特立独行的猪。"

这位生前非著名作家,清明节刚过的四月十一是他的祭日。回想三年前,他病逝十周年的时候,仿佛一夜之间,他出现在许多杂志的封面和众多文青的博客里。大队的记者和粉丝,被组织起来前往小波插队的云南,寻找王二与陈清扬打过滚的山坡,遇见老乡之后就急切地问:"真的吗?你们这里真的有这样一只特立独行的猪吗?"

我很想举手证明,这样的一头猪并不是一个美丽的传说,它确实存在过,并且因为进入了小波的专栏而在网络上延续着生命:我自己就先后在3个论坛里遇见3头不同的"特立独行的猪",其中一个还是女孩。

在一片红土丘陵上奔跑着一头黑猪的情形，闭眼想起来，都十分动人呢。云南是我最喜欢的省份之一，在看小波的文章之前，我从没注意到猪的自由主义面相，而是一想到它们在火锅里滚啊滚，在炭火上烤啊烤，就干咽吐沫。尤其是腊猪肉火锅，一口下去可以让人忘却任何主义之争，相信生存权优先的道理。

在滇西北藏区，几乎所有的猪都是放养的，没人喂，自己满坡跑，追逐爱情追逐风。内地的游客从猪的生存状态上就可以判断出，自己进入了一个与孔孟故乡不同的文化区域。这里的人看了小波的文章，想必很难产生如你我一般的会意。

在一所寺庙前，被喇嘛的三只看门狗围攻之后，我简直是怀着感激之情凝望着在山下遇见的一群黑瘦黑瘦的猪，毕竟它们不咬人啊。藏区的猪瘦得像野狗。裤脚上带着牙印仓皇下山后，我终于找到了分辨猪狗的窍门：埋头不理人的那个就是猪。这种动物是我遇见过的最专心的动物，它总是数年如一日的埋头苦吃，那股子干劲真不像是为了饱腹而很像是为了一个远大理想而任劳任怨。

某次，在甘肃平凉崆峒山下，我很好奇猪在收割后的土地里拱来拱去干什么。来自县城的司机说，地里有没刨净的洋芋，猪找着吃呢。这里的猪已经有了放养和圈养的区别。圈养的，尤其是定居在城乡结合部的猪，见证了人类生活的腐化，来自县城饭店的泔水车迅速喂肥了它们，也使它们更迅速地走向屠刀。

这种加速循环以减少每一头猪的生命长度为代价,换来了更多新猪的出现。人当然并不关心这点,在人心目中猪是没有名字的,即便是王小波笔下的猪,也没能文坛留名。

在盐井,从滇西北进入西藏的第一站,当地的纳西人都信仰藏传佛教。借用他们的轮回视角,这种由人造成的循环加速度倒可以解释为什么我们觉得周围的愚蠢与日俱增,因为更多的猪在下一世投胎为人了,并不是因为它们作了什么善事得了果报,只是它日益缩短的生涯实在没机会作奸犯科,这世道,无过即善。而作为一个闭合的循环,对应的是有更多的人堕入了猪界,因为他们腐败了,受贿了,公款吃喝了。

这个解释虽然富于智力趣味,但令人不满之处在于它缺乏任何直面问题并提供解决方案的诚意。如果没有超越性的力量如一束强光般照亮人与猪同在的此生,让人看到自己是天性需要追求意义感的动物,人类收获的不过是与猪在营营役役层面上的"众生平等",就像《千与千寻》里的猪样年华。

盐井的藏族人,却大多信了耶稣。透过外表颇有藏式风格的教堂花窗,可以望见美达拥雪山银白的峰顶。1865年,法国传教士将天主教首次传入,并在当地开办卫生所和学校,开展免费医疗服务和现代教育。1949年之后,外国传教士被迫撤走了,但即使在"文革"中,人们也暗地持守着自己的信仰,就像他们没有忘记来自法国的酿造葡萄酒的技术一样。1996年,25岁的上盐井村的鲁仁弟成为盐井教堂的第一位藏族神父。如今,信徒们做弥撒领圣餐时，深红的葡萄酒仍是教堂自酿的。

并非所有的猪都是无名氏，《动物庄园》里的猪们就有自己的名字。但无论"麦哲"还是"拿破仑"，其实它们只是奥威尔笔下集权主义的符号，嘴角闪烁着如王小波一样嘲讽的笑。

真正拥有自己名字的是一头名叫"威尔伯"的小猪，它有一个蜘蛛朋友"夏洛"。在怀特写的那部成人和孩子都喜欢的童话《夏洛的网》里，小猪威尔伯想改变被养肥吃掉的命运，却连仅有的几次逃跑行动都可怜的失败了。聪明的夏洛想出妙招，用自己的丝在猪栏上织出"王牌猪""了不起""光彩照人"的字样。威尔伯于是成了家喻户晓的奇迹，最后，在名猪评比中凭借夏洛织就的"谦卑"荣获金奖，得享天年，夏洛却因为耗尽体力，产下卵后就死去了。圈养起来的威尔伯被爱扶助、被爱拯救，即便它胆小得根本不敢特立独行。

2006年，《夏洛的网》被拍成了电影。我最喜欢的一款海报上，威尔伯在星空下望着头顶的蛛网，网下有一行点睛的小字"Help is coming from above"。爱的拯救，来自最高的雪山之上，不在乎我们是否聪明、俊美或是有特立独行的个性。

这辈子，如果我们只知道在云南的红土地上沿着一个平面吭哧吭哧地使劲儿，顶多把自己跑成一个王小波。只有当我们懂得抬头仰望爱，才能成为一个在这个污秽的猪栏世界里拥有立体而温暖的灵魂的威尔伯。

如果人人都和方济各一样

伟大革命导师恩格斯说过："如果每个人都和方济各一样，世界就不需要革命了。"

五年前一个初秋的下午，我走下"9 天 12 国"欧洲扫盲团的大巴，站在意大利的阿西西，困惑地扫视四周，企图找出另外一个更好理解的理由——为什么每年会有 300 万人来到这个人口只有两万多、占地仅 4 平方公里的小城，难道就因为这里是方济各的出生地？在反战和平示威很流行的那些年，这里经常聚集着游行的爱好者，那些叛逆青年，一边性解放，一边拉着一个不近女色的中世纪修士做旗号。

走进圣方济各教堂之前，一路上都很和蔼的地陪 Angelo 大叔，特意叮嘱我们关掉手机，不要说话。要知道，这对一群中国游客来说有多难，而且，还是一群中国媒体人，媒体精英。

在教堂里，有人站在角落默默流泪。出来之后，Angelo 很认真地望着我们的眼睛，说："谢谢大家的合作，因为这很重要。"

1228 年，在去世后的第二年，方济各被教皇封为圣徒，1939

年，又被封为意大利的主保圣人，通俗说法就是守护神。自诩为中国文化人的我，走过默默流淌泪水的脸，忽然意识到，我无法自信地说，我能理解。

二战结束后，意大利电影横空出世，罗西里尼凭借"战后三部曲"成为享誉国际的新现实主义大师。新现实主义影片在内容上通过普通人的真实生活来反映当代社会问题，大量使用非职业演员，注重实景拍摄。然而1950年，罗西里尼却忽然把目光转向历史，根据圣方济各去世一百多年后编写的一本生平故事集，拍了一部《圣方济各的小花》，令人倍感突兀。

他的女儿伊莎贝拉给出了答案：罗西里尼当时与好莱坞明星英格丽·褒曼陷入情网，褒曼婚约未除就万里奔来且怀孕待产（伊莎贝拉就是他们的爱情结晶），大众情人的纯美形象瞬间消失，激起众声喧哗。爱情受到社会指责，这就是大导演也必须面对的现实主义，好莱坞甚至成功发动了整个行业抵制他。因此，他来到意大利的精神之都阿西西，想在圣方济各的生平行状中求得内心平和之道。

导演是否找到了自己想要的答案，并不重要，尤其是考虑到八年后这场勇敢的跨国恋爱以离婚终了；重要的是，一个"新现实主义"风格的圣方济各永远留在了影像里——那个小个子，就连对基督教一贯贬损的罗素也在《西方哲学史》里老实地承认，圣方济各作为"历史上最可爱的人物之一"，有着"乐天的态度、博爱的精神、诗人的才华"。平和的脸庞，善良到有些迂腐的做派，虔诚与坚毅的表情，如果不是罗西里尼让真实的修士们出镜，真不敢想象职业演员依靠演技能扮出几分？

电影里有一幕：圣克来尔修女到访。对于这两位圣徒之间的友谊，许多现代传记作家无法想象其中竟然没有一点浪漫情怀。

想想导演，褒曼当初是因为看了《罗马，不设防城市》后被深深打动，他们的见面也是从严肃探讨电影艺术开始的。当"潜意识"被发现或发明之后，一个男人再也没有办法证明自己对着美女会心如止水，因为即使他在意识层面不汹涌，在潜意识层面也必定荡漾了。除非他是同性恋。

在这一点上，现代民主社会收获了平等，却失去了"黑暗的中世纪"所具有的灵魂深度。在阿西西油画一般的乡村景色中，在罗西里尼纯粹到粗粝的镜头语言里，一股质朴到热烈的气息来自两人共同的理想：在世间效法基督的谦卑与清贫。

一个谦卑、清贫、喜爱和平、强调顺服、宣讲宽恕的圣方济各，被认为是最像基督的人，的确离革命的要求太远了。如果人人和他一样，既无革命的可能，也无革命的必要。原本是富家子弟的他，做浪荡子虚度了25年光阴，而后被呼召为修士，放弃财产、苦修传道，服事麻风病人和穷苦人。导演自作聪明地在影片中加上一句旁白——"作为一种政治力量，他刚刚开始和穷人站在一起"。如果虚拟一场穿越时空的政治峰会，左派和右派遇见他都不免尴尬，两拨人马争来论去的所有权问题，被他径直放弃了。政治的筐子根本装不下他。

不单对人类，就算对一只掉进陷阱的兔子，圣方济各都要抱到树林里放走，说一句"兔子兄弟，到我这来，你怎么能让人抓住呢"。他身上缺乏革命最需要的酵母——仇恨。但并非人们觉得很难做到和他一样，就注定要被仇恨绑架，入了革命的籍。这是魔鬼的逻辑。

更具"新现实主义"色彩的是，因为他对兔子、小鸟、野狼、鲤鱼等动物的爱护之情（尽管这些动物就算在今天也进不了濒危物种名单），对自然的亲近赞美之意。1980年，圣方济各身上的担子又重了——他被时任教皇若望保禄二世封为生态守护圣徒。

他吃得很少，赤脚走路，甚至拒绝住进屋子里。而今天的一名环保分子，很可能不过是在夏天把空调调高几度而已。他相信万物都是神创造的，所以对自然怀有一份特别的爱护。革命导师的句式套用起来总是很合手的："如果每个人都和方济各一样，世界就不需要环保了。"

这一切，都让圣徒的肩头过于沉重了。回想起那个站在圣方济各教堂的角落里默默流泪的人，我仍不确信自己能够理解他。正是无辜者的泪水，滴穿了政治与历史的谎言之石。当圣方济各闻到一朵花的芬芳时，他说："它将成千上万人从死亡中举起。"

思念一个日本男人

当日本队作为亚洲的独苗最终被巴拉圭淘汰的时候,一个中国男人克制不住地思念起一个日本男人,在世界杯这个男人间的情谊空前加深的时期。

尽管在2004年之后,表达这种思念显得有点冒失。2004年的亚洲杯决赛,中国人以足球之名在球场内外对日本球员及其母国所展示的偏激、仇恨与恼火,令人感叹:受教育与缺教养,或许正是体制培养人才意图收获的成功,这些年轻人越来越成为资本市场与政治市场中随时可以引导动员雇佣并解雇的廉价劳动力。

本田圭右无疑是日本队的场上灵魂,那份冷静中蕴藏的创造力,富于内秀的杀气,那头短黄毛,以及失败后的寂寞表情,都让我想起2002年世界杯上的中场核心中田英寿。日本足球十年间崛起的这两个代表,从小都是看着漫画《足球小将》长大的,并因此而走进球场。说是一部漫画改变了日本足球的命运,并不为过。

记忆里,印象最深的却是中田为耐克做的一幅招贴画。他双腿腾空飞起,头扭成侧脸,专注于自己瞬间的飞翔,姿势非常东方,甚至有点中国,基本类似于"70后"小时候看过《少林寺》后,在院子里拙劣地蹦起模仿时脑海中浮现的理想身手:凌空飞脚右侧踹。

他不抬眼,不看人。他怎样做到那样专注呢?这个踢球者,我想他终于知道,他的命运就在脚下。虽然在19岁时,他曾为退役后找工作而犯愁,自己不知道该学什么专业的时候被人建议去学税务。现在他知道了,他可以踢得很好。于是他在电话里对同是球员的朋友说:"来欧洲踢吧,你一定行的!"

在他之后,日本球员更坚定地走上了出国之路。

当1998年他被当地报纸评为意甲最佳外援时,我想他找到了、确定了自己的势力范围,足球对于他不再是青春的游戏,而是属于他的事业,"我不是一个路过这里的人"。

路过的心态是一种什么心态?暂停下来的人是会走开的,虽然他也赞叹路边风景的美丽。其实,路过的心态并非不好,那种不强求结果的心态甚至温暖而感人。那是我们在人生的起步阶段,初尝败绩时很容易共鸣的弱者情怀,是对心灵的自我抚慰。青春期的青年在学习建立自己的感受方式,所以会放大挫折感,因为他要见识一下什么叫挫折。我想,中田的青春期与中国孩子没有什么大不同吧。一篇报道这样写道,"中田害怕受到伤害,很少接受记者的采访,喜欢通过因特网与球迷交流。"

然而,终归要问出口的是:我们可以路过别人的人生,但是我们自己的人生呢？一个随时准备离去的人，唯一无法离开的是自己。幻想拥有各种命运的人，有一种命运等待着他。

在人生的某个阶段，对中田来说，就是当他在意甲站稳脚跟的时候，他终于拥有了自信。自信的男人有魅力，这种男人对着镜头并不理你的时候，就叫 Cool。"……中田不擅交际，总是一副忧郁的面孔，深沉的黑眼睛里仿佛有一片海。这是一个大男孩刚面对人生最典型的形象。"然而事业使中田摆脱了青春期，清算了曾经路过的审美心态。

审美，就意味着处于一种不用力的状态。但在场上，中田却依旧保持着他曾经审美主义熏陶的气质：俨然一幅不用力的样子，跑步姿势不够积极，并不气喘如牛，动作毫不夸张狂野甚至有点懒散，奇怪的是竟然没有被其他人种的强壮选手撞得飞起来！

审美的素质还表现在成名后，每次做电视广告，中田都要自己设计表演方案。不知道那幅耐克招贴，是不是他自己设计的？

在意大利的帕尔玛队经历了既不能上场又不能转会的严重考验后，重新漫不经心地奔跑在球场上的中田对记者说"只有度过了苦难的时期，人才会变得更坚强。"我觉得他终于成熟了，我欣慰之极，仿佛他代替我成熟了，在我人生的午后即将来临的时刻。

"中田英寿从不多说自己内心的真正想法，但他曾经说过，就算周围的人对他存有不安和担忧，也没有必要作出任何的回答。"这股劲儿就像刺生店里的芥辣。

球员有天然的优势选择沉默，因为他不说话也可以站到众人面前，除了哑剧演员，球员是为数不多的可以出现在电视上却不必讲话的人。只要踢好球，就可以了，而且保证不会做无用功，因为大家都看得到。在这个仪式中，对抗生活的麻木和自我的消沉。仿佛除了球场，中田不再需要其他的救赎。这就是，一份合适的工作对于一个男人的意义。

对球队，中田也终于拥有了一份成熟的责任感。那是人在审美时所无法想象的：我们知道对面的美好事物不是我们的，不拥有就无责任。这曾被认为是审美的好处，我们总是爱那些远处的东西，那体现了我们的视野、胸怀和博爱；爱得不好也没关系，因为那并不是我们的责任。其实，审美者从没走出以下体为圆心，以尿液为半径的圈子；走到哪里，人都在圈里。

这支日本球队，曾经是中田的，离了中田就如一盘散沙。"我们来就是为了拿奖牌的，这场胜利之后，世界足坛应该有日本的位置了。"中田说。而今，它成了本田的。本田圭右在小组出线后声称要"夺取世界冠军"，被问及为什么喜欢在左右手上都戴手表时回答，"为了保持身体平衡吧！既然买了表就要戴，要是放进兜里，时间就会偷偷跑掉了"。

时间就这样偷偷跑掉了。正值盛年的中田，没承想就退役了。从中田，到本田，时代轮换全然不顾我的惊讶。我曾以为，这个我所迷恋的日本小子，会在绿茵场的前方继续奔跑一些日子。

生活有时对我显露原因，有时对我显露结果，只有上帝，既知道原因又晓得结果。如果一切命题的逆否命题都成立，我该有多少捷径可走啊。我曾那么痴迷于解释苦难,神为什么允许苦难发生?而今我确信,如果我知道了这个秘密,我将在痛苦中死去。

此时,当亚洲足球再次凋零于南半球之际,想起这个小眼睛的日本男人,身高1米75,体重67公斤。我觉得他有智慧,因为他和我不一样,他长着一双小眼睛。眼睛大的人有小聪明,因为他看到了太多的风景,他热衷于在瞬间捕捉感受,他不肯闭上眼睛,不肯错过,不肯专注,不肯交托。

诗人如何爱国

1170年,陆游从故乡浙江山阴,赴任夔州通判。沿着长江,从镇江到奉节一路边走边玩,历时半年,留下一部六卷本的旅行日记《入蜀记》。

遍搜全书,陆游提及了十余种动物,不但有绿毛龟、江豚、天鹅、鳊鱼、大鼋、鲟鱼、乌鸦,更有——"长数尺,色正赤,类大蜈蚣,奋首逆水而上,激水高三二尺,殊可畏也","大鱼正绿,腹下赤如丹,跃起舵旁,高三尺许,人皆异之"——这两种仿佛来自好莱坞大片里的怪兽。

沿途风俗名胜,陆游也多有留意,曾在江上"遇一木筏,广十余丈,长五十余丈。上有三四十家,妻子鸡犬臼碓皆具,中为阡陌相往来,亦有神祠,素所未睹也。舟人云:此尚其小者耳,大者于筏上铺土作蔬圃,或作酒肆"。

尽管记录了这么多物种,但把陆游称为动物保护主义者或旅游专家未免冒失。他那顶传统而稳妥的帽子,依旧是"伟大的爱国主义诗人"。

曾以为，按照是否现实主义、是否爱国评价诗人的陋习，始自1949年。及至读了朱自清写于1943年的《爱国诗》，才知道这个强暴而不够文雅的过程，其实早就开始了。

朱自清在文章中将古诗中的爱国诗分为三种：一是忠于一朝，也就是忠于一姓；其次是歌咏那勇敢杀敌的将士；再次是对异族的同仇。

"死去元知万事空，但悲不见九州同。王师北定中原日，家祭无忘告乃翁！"他从陆游这首临终的《示儿》之作里，看出了"国家至上"的信念的雏形，因此得出结论，"过去的诗人里，也许只有他才配称为爱国诗人"。这种空前的褒扬，显然与日本侵略极大刺激了中国现代民族国家的认同密不可分。

1170年的这趟水上之行，其实是陆游人生轨迹转折的开始。之前，他婚姻失意（红酥手，黄藤酒……山盟虽在，锦书难托。莫，莫，莫！），仕途艰涩，随张浚北伐无功，被免职回家（元知造物心肠别，老却英雄似等闲）。之后，在蜀中九年，他以"马背狂生"的形象行走江湖（才疏志大不自量，东家西家笑我狂）。

在四川宣抚使王炎幕下，陆游亲历抗金遭遇战（当年万里觅封侯，匹马戍梁州）。随后，四川制置史范成大作为他的好友兼上司，既信任他施展抱负，又由着他痴迷歌楼酒馆，看花赋诗做"放翁"。

就在这次水上旅行中，陆游亦颇留心查看军事要地，他认为南宋不该定都临安（杭州），向金人示弱，而应定都建康（南京），以示收复江北之志。

可惜的是，从1178年开始，陆游步入了他人生的第三个阶段，从55岁直到86岁去世，几乎都赋闲居家，"叹流年又成虚度"。

陆诗的家国情怀，及其与理学宗师朱熹的交往（朱对陆诗推崇备至，"放翁老笔愈健，在今当推为第一流"；陆游也有诗相赠，"谁能养气塞天地，吐出自足成虹霓"），自己被罢官后也曾针砭时弊"中原乱后儒风替，党禁兴来士气屑"，都不足以使朱熹摒除党争的思维，毕竟，陆游并非儒家"理学集团"的核心班底，不能令朱熹全然放心。

在南宋理学集团与官僚集团之间惨烈的权力斗争中，曾有一幕：官僚集团的领袖姜特立被罢出关，陆游赠诗两首，有"君似襄阳孟浩然""十年好句满人间"之句。姜的诗才素为时人认可，但陆游公然与朱熹的政敌应和，以德治国的道学家们心中必然不爽。

政治斗争中落败的儒生，却握有修史的权力。因此《宋史》对陆游的盖棺定论很不客气："晚年再出，为韩侂胄撰《南园阅古泉记》，见讥清议，朱熹尝言：'其能太高，迹太近，恐为有力者所牵挽，不得全其晚节。'盖有先见之明焉。"引用朱熹对陆游的微词，俨然一副陆游已经晚节不保的调子。

事实不过是，年近八十的陆游积极拥护北伐，而北伐的主持者为朱熹的政敌韩侂胄，陆游在抗金思想一致的前提下服从其调遣。时人对权臣韩侂胄多有谄媚，但陆游为其所撰的《南园阅古泉记》并无诔辞。或许朱自清那句"只有他才配称为爱国诗人"的评价，也有为其鸣不平之意。

朱自清强解古人以应时势之需，算不上高明，但他挑中陆游的《示儿》，确是慧眼。即使放在新中国成立之后看，"死去元知万事空，但悲不见九州同"，不仅清晰表明了唯物主义的立场，不谈灵魂不信宗教，只有国家这个唯一让人魂牵梦系的现实存在。而且这份唯一的忠诚还将作为临终遗言继续有效的激励并约束少先队员们。这也正是儒为社稷所喜的根本原因。"文革"后，当共产主义的意识形态渐渐失效，民族主义的意识形态越来越成为国家合法性的来源之一。

陆游不像课本里出场的第一个爱国主义诗人屈原那样，动辄就把一堆鬼啊神啊请到自己的文章里，追问一些宇宙终极问题。在屈原之后，臣子们吸取教训，不再问那些四书五经无法回答的问题，因此也就不会郁闷得投江了。虽然这样未免压抑，但却可以放旷佯狂，用纵情诗酒来消解。

另一位爱国前辈杜甫的政治抱负一直令陆游心有戚戚，但按照朱自清的解法，杜甫是忠于李姓王朝，的确，当时各国各族的人在国际化大都市——长安城中随处可见，很少有人会拘泥狭隘的民族问题。浸染盛唐气度的杜子美，狂不及李白，却也时有溢出规制之举。而陆游狂到头，不过是"我欲登城望大荒，更欲为国平河湟"、"何时拥马横戈去，聊为君王护北平"。显然，多是一种在野党的心情，作为技术派官僚很容易被吸纳进体制里。

千年以降，中国文人大致就是这个调调，越近当下越萎靡。某日忽然看到一封 1536 年一个法国文化人写给法国国王的信，顿觉清爽过瘾。

这个名叫加尔文的流亡者对他的国王说，"陛下不要以为我是为了被许可安全回到自己的国家里，而在替自己辩护。我虽然热爱自己的祖国，但在目前的情形之下，我并不以被放逐为憾"，他提醒法王要考虑如何保护神的真理免得蒙羞，"这事值得你留意，值得你认识，甚至值得你付出王位的代价！"

读多了爱国诗人的狂放与怨懑之后，仅仅是这种语气，亦令人为之一振。

我们的食堂充满阳光

当年唐朝乐队特火的时候,酒吧里常能听到那首《梦回唐朝》,跟随主唱仿佛被一口炊事班的铁锅那么大的太阳晒晕的嗓子,流行过一个其实有点无聊的问答游戏:你愿意回到哪个朝代生活?

几个朋友都选宋朝,理由是:宋朝不讲家世背景,只要把书读好,"朝为田舍郎,暮登天子堂",而且读书人地位高,赵宋一朝有不杀大臣的家训,曾有"与士大夫共治天下"之语。

不过,当皇权温柔、读书人觉得大有可为的时候,为了得君行道,大伙竟斗得异常彪悍。无论是经学家、理学家,还是普通的士大夫官僚,都免不了党同伐异、甚至赶尽杀绝。

虽然开口闭口都是道学,士大夫寡廉鲜耻之辈却多如江鲫,理学高士一闻利欲即掉头趋之。南宋的韩丞相到园子里喝酒,刚说了一句"此真田舍间气象,但欠犬吠鸡鸣耳",那边厢草丛里就有工部侍郎趴下身来学狗叫,真要把人幽默死了。

这个段子或许可以帮助我们理解朱熹对宋朝教育制度的批

评,"其所以教者,既不本于德行之实;而所谓艺者,又皆无用之空言",基本属于全面否定。印在报纸上做社论,用来批评当前的大学教育倒也蛮合适的。

老朱素来反对事功之说,"明其道不计其功",认为学子不该重史轻经(也就是说司马迁等人的书不宜多看,与俗语"老不看三国"的意思差不多)。而今,哪里寻不计其功之人?谁人做不计其功之事?真真是一盆水,湿了众人脚,同唱天涯沦落人。

也不怪朱熹火力太猛,即便所谓盛世汉唐在他眼中,亦是天理不行而行人欲。但我却想,既如此,因何说"满街都是圣人"呢?倒不如说"人人皆具罪性"。

儒家的道统无甚意思,圣人难免附会而成。即如朱熹,亦有意气之争、避讳之处、世故考量。凡人一味自己做功夫,曰敬曰诚,终不抵一念之恶,瞬间冲决。

且看朱熹与陆九渊之争。陆固然别出心学,灵气稍胜,但宗师味儿却较朱略逊一筹,老朱眼界之开阔一时无两。"天下无书不是合读底,无事不是合做底。若一个书不读,这里便缺此一书之理;一件事不做,这里便缺一事之理。大而天地阴阳,细而昆虫草木,皆当理会。一物不理会,这里便缺此一物之理","读书着意玩味,方可见义理从文字中迸出",哪个嗜书之人不被这些话打动?

但朱熹也因此被陆九渊批为学问"支离琐碎",后来的王阳明也是这个调子,说朱熹早年胸怀太大,涉猎过多,忙于著述,晚年想修正也来不及了。在陆的刺激下，朱熹强调尊德性与道学问的统一，所谓"敬知双修"。晚年在庆元党禁的社会现实教育下，尤其注重"功夫全在行上"。可见，程朱与陆王，都是在一个食堂吃饭的人，只是自己找窗口各排各队而已。

儒以一物不知为耻，而源自希腊的理性精神经过近代人本主义的发扬，更是满世界摧城拔寨。但在攻克己身方面，却是一样的乏善可陈。

尽管王阳明认识到人性之顽梗，"若戒惧之心稍有不存，不是昏聩，便已流入恶念"，要求弟子修身立命应"戒惧之念，无时可息"。这份对人性恶的警惕，或可归入张灏先生所说的儒学的"幽暗意识"，与西方犹太、基督文化中"罪"的概念对话。但王学将"人人可当圣人"具体化为率性，不拘一格成圣人，也怪不得后辈们修为不及老师，恣肆狂妄却时有过之。晚明社会的道德状况无可避免地陷入了如水泼地、无可收拾的地步，非一二子但凭人力所能挽。

这才有徐光启对宋明理学失望之极，认识了利玛窦，终于另起炉灶开火，转信天主，形而上希其能补儒易佛，形而下希其能格物致知，修身事天，为上海滩留下了一处叫作"徐家汇"的地方。

回到咱家食堂里，我且权将圣人当作一读书人吧，且是一认真的呆子，因其不仅读书，唯其自认为能凭借自我约束而身体力行也。纵然你自己行得出，又如何保证众人行得出，即如何解决社会问题?

晚近儒家以笃行著称的梁漱溟,对救世颇有担当。当日军飞机轰炸,他端坐中庭读书;逃难香港,小舟海上遇浪毫不动容;乃至建国后与毛泽东对辩,这些逸闻背后是"吾曹不出苍生何"的自我期许——我怎么可能出事,我一旦出意外了中国怎么办?

当他终于在新中国的巨变面前叹服,就开始深入考察其之所以成功的原因。他目光锐利地洞见出,共产党带队伍,其秘诀在于对精神生活的重视以及对团体生活的改造。通过类宗教或伪宗教的方式,中国人以往被压抑的宗教情怀被极大地激发出来。

儒家的软肋在于,如果他放弃了圣人情结,他还是儒吗?然而,人神之辨却不可不查,人当时时警醒,不可如神,亦不能如神。对教育以及媒体进行规制的一大成果,就是使一干凡夫俗子无从明晰人神之分,将超验的情感投注在本应由他们决定是否称职的人物身上。

古之所谓道德,今之所谓文化,英雄崇拜与革命崇拜,一层窗户纸捅破,便露出食堂里的一屋子锅碗瓢盆、破烂家什。正如我们的历史书中无论归纳出多少株宋明时期的资本主义萌芽,现实却是我们今日不得不接受的这一个初级阶段的当代史。自家田里的苗,早晚要结实要收割,多少秕谷多少糠,想想收成的那日,或许心态会有所不同。

时光旅行者与瞬间收藏家

时光旅行者名叫亨利，是一名图书管理员，他的妻子名叫克莱尔。他们是一部美国电影的主人公，电影的名字叫《时光旅行者的妻子》。

亨利患有慢性时间错位症，每次发病都会穿越时空：他一次次回到童年时的车祸现场，看着妈妈离世却无力回天；当克莱尔还是6岁孩子的时候，他第一次出现在她的面前，克莱尔记下每次与他的相遇，直到他们成为现实世界里的爱侣。

与时空隧道等类似题材的科幻片相比，电影最大的卖点不是幻想的神奇，而是人的无力：人可以穿越，却无法改变；甚至连穿越发生的时间以及穿越的目的地，亨利也无从控制。这种无力最明显的证据就是，亨利每次穿越时甚至连衣服都带不走，尴尬的裸体超人，总是要从偷衣服开始自己的冒险。

作为一个典型的驾驭不了时间，却被时间所操控的人，在妻子克莱尔面前，他分分钟都可能连个招呼都不打就消失，让妻子对着一地衣裤，在被抛弃感中窒息。

令人安慰的是，亨利同样可以进入自己已经死亡之后的未来，来到他们第一次见面的地方，用一个结结实实的拥抱，抚慰妻子的思念之苦。电影展示了他们适应这种生活并在其中寻找幸福的过程，坦率讲，有些琐碎，非常好莱坞。

《瞬间收藏家》是一本插画书，甚至情节都不很连贯，典型的欧洲文艺片风格，很不好莱坞。"我只是个收藏家，我收集各个瞬间。"说话人叫马克斯，他面前站着一个小男孩。马克斯是个画家，某天他来到一座海岛，就住在男孩家的楼上。他的画就是他所收藏的独特瞬间，通常浮现在醒与梦的交叉路口，好像谈话间的走神，或者思绪弥漫中的你忽然被冰雹敲响窗子的停顿。

马克斯其实就是作者——德国画家布赫兹在故事中的替身，他在画页之间用文字述说着，"每一幅画都藏着一个秘密"，他让马克斯把这些秘密藏在阁楼上，展现给小男孩，然后又悄然搬走了，为了去新地方，收藏新的瞬间。男孩沉迷其中，每幅画都像是一次旅行，让他从不同的地点出发，去经历飞上半空的马戏团、雾中的灯塔和灯塔上的马、走过街道的雪象。

时光旅行者与瞬间收藏家，当他们同时出现，似乎发生了某种化学反应，至少令我在某个瞬间恍惚了，手心里好像放着两颗糖果，吃下红色的，就做时光旅行者，选了绿色的，就变成一个瞬间收藏家，吃谁，不吃谁？这是个问题。

我可以像亨利一样吗，返回那一个个瞬间？我和果子，被雪山映得眯起来的眼睛，去教堂路上的那片小树林里的猫，吹熄生日烛火后的一缕轻烟,病房里冰川纪般的洁白,墓地前的玫瑰。那些瞬间,清晰地呈现在《成就爱》的字里行间,以及字里行间之外。

如果你被一个人收藏了,或者你收藏了另一个人,那么,这种明确的所有权关系几乎肯定意味着,你们之间已不存在任何互动的可能。

《成就爱》是亡妻果子的遗著,她因乳腺癌而于2007年辞世。我曾以为,我和果子的那些瞬间将因为我修订完最后一个字而获得今生的定格,但恰恰从此开始,在我以为告别的时刻却和她拥有了新的开始。或者说,我才得以拥有时光旅行者的能力,重返某些瞬间,但却不是为了审美意义上的收藏。我将此视为神迹。

当我再次走进同一所医院的大楼,电梯依旧摆出一个隐喻的修辞:经过妇产科,停在肿瘤中心。走进病房,在可以望得见家的窗前,轻声为一个同样年轻而美丽的女孩读,"我虽然行过死荫的幽谷,也不怕遭害,因为你与我同在"。这是果子最喜欢的诗篇。女孩的丈夫只长我一岁,坐在旁边,眼睛里满是温柔,仿佛冰川纪里的一枚坚果。

我确信,这一瞬间,是曾经应该出现在我和果子中间的。因为它没有出现,而显出我的亏欠;因为它此时的出现,而显出上帝的恩典;因为它可能将再次出现在需要出现的时空,所以我拒绝收藏它。

一个如亨利一样的时光旅行者,注定只能成为一个马克斯那样的瞬间收藏家。子在川上曰:"逝者如斯夫,不舍昼夜。"难以自控的抽搐使他被迫成为一个生命长河的溯溪者,无法拥有正常而持续的生活,无法拥有人们通常憎恨的时光按顺序的不停流淌,以及人所可能拥有的最大智慧:如何面对生命的流逝。

马克斯雾一般轻柔的笔触,让他所收藏的每个瞬间都散发出梦一样的幽静、不可思议的细致、仿佛没有尽头的飘忽。画家讲故事有毫不逊色于小说家的技巧,他总是取消故事的开头和结尾,使每个瞬间得以永恒,并值得收藏。

然而,生活里的瞬间实难永恒,企图让瞬间永恒,是人在地上值得尊敬却最无奈的一种尝试。艺术或许就是这样发明的吧,至少它缓解了人们内心的失望与不甘。

在同样的场景里被释放,在相似的瞬间里被更新,在软弱的时候得刚强,当穿过死地而不坠泪,在坦然得仿佛已经忘记了果子的时候,我才能承受果子的祝福。

为此,我愿意做一个内心笃定的邮差,一个美好瞬间的投递员,当我一次次跨上那辆绿色脚踏车的时候,自知将一次次地接近一种美好。我确信,我蹬车的时候,我和我的同伴耳畔阵阵凉爽的风里,有果子微笑的味道。

我正慢慢学习,不要迟到,保证邮件按时送达。

我并不羡慕亨利进入未来时空的旅行,有盼望是美的,而不在于那份盼望是否可见于当下。脚踏车的前方,是不可见的魅力所在,途经一个个新亮如朝露的瞬间。

被收藏的事物是死的，尽管它们令人那么着迷。在这个世界上，兴趣广泛到怪异的人类仿佛可以收藏任何东西，其实真正能够收藏的只有一种——死亡。集邮册里，是印刷精美的尸体；博物馆里，是精心保养的遗迹；日记本里，是你我曾经蜕下的死皮。

　　如果人们确信，当生命的一扇门关闭，必有另一扇窗为你开启，那么才有可能真正忘记背后，努力面前。那样的努力，将被纪念在新的连接里而不再徒劳。

减笔新疆游记

一

带上几册东山魁夷的画与书，就去新疆了。热衷旅行至今，终于连相机都懒得拿。没有相机，人就学会发现美、享受美了，如果东山魁夷此刻就在，他一定爬上山头去写生了，花半个小时画下坡上那棵树，而不是"喀嚓"一照两秒钟了事。

一坡一坡的野草莓，吃到饱。黑背白腹的松鼠，我摘草莓它摘松塔，捧起来就跑。在河边旁观一只蜂吃完一只青虫的全过程。在这样的地方，如果出现一只雪豹，把我吃了，虽然出于本能我会发出惊叫、狼狈逃跑，但吃了就吃了吧，也没什么不可以的。

穿过林子和溪流时，哈萨克妇女说，"你们的路在那边"。回到住处，对着蓝色房门的，是河岸上一棵树；另一边，是岸上另几棵树，上面站着一只孤独的鹰。鹰鸣阵阵。沿河有野鸭，浅流积水处有小鱼。对面那山，便如东山魁夷《绿色的回音》《深深的湖》两幅画。

峡谷里，大牛、小牛过河。群鸟迎着夕阳飞，转身腹部向光时如挥动的银丝手帕熠熠闪亮，闪在阳光中，像烟花炸开，无数银色的鳞片翻动。转过来，黑色的背，才看清翅膀的形象，大致像燕子，忽然纷纷跌落，像风中落叶在风停的瞬间完全失去主宰的坠落，落到半程又恢复了意志转瞬飞起。其中一只却离群南飞。更高的天上，鹰在盘旋。

夕照的最后一抹柔光好像一口透过光的哈气，把山头熏暖了薄薄一层。夜里，满天星星，我只认得北斗七星，一认出它，它就像一把大勺子搅动心绪之海，晕湿了所有的星星。月在东山外，清辉已出，久久不升。

二

晨起，因为昨夜的雨，晨雾如带缠山。搭乘一辆运货卡车的后厢下山，不冷无尘，无边风物，奔来眼底，阿尔泰的雪峰渐渐远去。

午饭时绕过村子，在坡上林间找到一株歪杨做天然木椅，歪杨下面是小河。对岸是略带斑驳的山和水中滩上一屏白桦，水是青蓝色。不禁想起东山魁夷提到的"自然的抚慰作用"，画中仿佛祈祷的气息。

登上山顶，黄草坡上的绿树林，林间走过三个红帽少年在唱歌。俯视远处坡上的木楞房、干草垛和羊圈。同样的景色，有人看过，有人照过，有人写过，今天我也看到了，如此而已，不必一定留下痕迹，不必一定是我。

古尔班通古特沙漠的东线比西线风景好一些。戈壁上，一辆汽车从远处耐心地开来，穿越沙漠，曳着一溜长长的烟，像一个孤独的男人，在灯下燃起香烟，只是香烟是向上袅袅升起，而不会像彗尾一样。汽车以为自己在奔向一个目的，以为它的烟是有目的的，其实和香烟一样，是消耗生命的标记，是时间的尸体正在这个世界上燃烧。

去喀什的动物巴扎，牛羊马驴齐全，羊下车，驴上套。我们看动物巴扎，其实和一群官员和一队企业家去纽约参观华尔街证券交易所没什么区别，此种文化卖牲口，彼种文化卖股票。只是巴扎的人更随和，随便拍照。在华尔街谁敢如此失礼？

三

阳光透过钻天杨，照在塔什库尔干的街道上。俯瞰石头城下的草原，小河边散布着几处塔吉克族人的毡房。

早晨的风，在毡房的炊烟上；一天的风，在湖面上、冰川的哈气上；季节的风，在塔吉克少女的头巾上；一辈子的风，在放羊人的脸上；永世的风，在山顶的石头上。风吹动全世界的床单，在帕米尔高原，白天晒在太阳下忘了收，午夜，一阵急雨手鼓似的下。

早起,坐观慕士塔格的雪峰在云中渐亮,倒影如画,公格尔九别峰只露出山腰以下,上半身完全陷进云雾里,数不清它的冰川有几条。远眺喀拉库里湖,水鸟在静静湖心相对而游,水面的线条渐近相交,如此静谧,才理解何谓划破湖面。马立岸边,倒影映在水上,可以想象那是我。

山顶的风把我吹透了,吹成一句话、一个字。如果不是站在山顶的风里,我就不知道我的胸中还有火。令人失声的风,宇宙充满你自己,浪拍岸边,喀拉库里湖啊,从今天开始,你的里面有我一滴蓝。暮归的羊向我走来,把我当做石头。身旁的石头,把我当做一棵树。

四天后,第二次来到喀湖,清冷的早晨,五只野鸭飞过,野兔如抽搐般跑开,一只鸥,忽然鸣叫惊起。忽然回想起记忆里曾去过的神山圣湖——

纳木错,记忆里只剩下一腔内疚,玛旁雍错剩下两个镜头:夕阳下红色蜿蜒注入一片博大,夜里如魅影的月亮与山间一汪银色剪影。喀湖不那么大,两目基本可以一览无余,静水之下却有满腹心事。

为什么慕士塔格被称作冰山之父?慕士塔格的雪有多厚?为什么它的肩头,一朵云愤怒,一朵云温柔?年轻时的我与梅里雪山相似,每个棱角都不容置疑,那时的我苛刻远超过才能,错把脆弱当做纯洁;站在冈仁波齐前面的我,懂得了涵养,却缺乏冈仁波齐的气度;此刻与慕士塔格相遇,我已学会了沉默,多少像点男人了，却依然不懂何为父亲。它的山脊线，如男人的嘴角，在经常泛起微笑的地方刻下线条。信仰不是看到了天边的启示，而是肯就这样站着，把信仰站出来，对着喀拉库里湖，把信仰站成世界的风景。我实在是缺少他的厚重与担当。

四

最后的温存。飞机舷窗下，大地的图画。神啊，你造的世界，竟留下一个新疆给我。

从失去开始的永远

属人之爱的局限

2008年的清明,是国家规定放假的第一年,正好我和果子赶上了。

几天来,小雨时断时续,走在去大窝岭基督教墓园的路上,一边念叨着"路上行人欲断魂",一边茫然地看着窗外的人行道。

站在果子的墓前,旁边,当地人的墓地里鞭炮作响,烟雾缭绕,让我觉出一丝幸福,因为山这面,果子的墓地里,一切都安静着。扫墓的人们只是带着鲜花,而且碑的后面可以刻上四个字:永安主怀。

把脸伏在胳膊上,忍不住抽泣起来,完全没来由,什么也没想到,什么也没听到。清明真的是一种文化吧,《论语》里说,"慎终追远,祭之如在",身在其中的人,泪水不需要具体的理由。

旁边亡者的亲人一大家子,老太太带着儿孙来看老伴,三代人围着墓地,热热闹闹的。我垫着报纸坐在果子这边,也觉得有点幸福,因为他们的粤语我一句都听不懂,所以一切就还是那么安静。偶尔看他们一眼,他们挺开心,我也还行。

担心环境被弄脏,所以等他们走了之后我才走。墓碑前,他们的玫瑰很靓,我有点妒忌。不过我们果子比他们年轻、漂亮,永远 37 岁。

那时

昨天,我给阳台上的花浇水,两盆茉莉同时结了骨朵;一周前,我去派出所注销户口;上个月,我去人才中心取档案……办完一件事,就喘口气歇上几天。就这样,从 2007 年 11 月 3 日果子离开,到今天已近一年。

取档案那天,在车上我就急不可耐地拆开牛皮纸密封袋,文件夹的内页上赫然印着——"注意保密,不得遗失,不要让无关人员翻阅"。这辈子,目前这是唯一一次有机会看这个。

我早知道她揣着一张经济师的执照在时尚杂志圈里做主编,比我拿着审计师的本本混进新闻队伍还不靠谱。这会儿才确切知道是在 1996 年,我大学毕业的同一年,果子通过考试,拿到了中级经济师的资格证。

1994 年,果子进入广州一家证券公司,正式成为金融人士。考上经济师后,99 年当上了荔湾营业部的副总经理,档案里收着一份一本正经的聘书。

那段时间里,我正在北京的两家公司之前辗转。以前,我从未敏感于彼此经历的相似,反倒是果子在日记里写道,"我想在骨子里,我和你是一样的人。同样在军人家庭长大的我们,各自长大,各自恋爱……"。这些话她从未和我说起,整理抽屉时我才翻到。好多好听的话她都记在了本子上,而没对我讲,我的感受却都说过了。没说的恐怕只有一件,可能我们都没想到,剩下我一个人时会这么难受。

然此层意思亦不过如是,果子已在2006年2月9日的日记里窥到——"也许对一个人来讲,内心保有一些伤痛,但现实生活中较为完满顺利,要比现实生活中困难重重,内心相对完满更容易选择。在某些情境下,内心的伤痛和缺失,让人更为孤独,也更容易让自己逼近诗意。"就是这样,果子的缺失,让我诗意了。

之前,太原人民广播电台的聘用干部审批表上写着:"该同志担任播音、节目主持人以来,音质受到同行专家的好评,已具备采、编、播等独立工作能力……"才3年,二十出头的她就干腻了,竟辞了,被生活的多样性所诱惑,和好朋友跑到大连的商场里合伙承包柜台,卖文化用品。

晃荡了一圈,知道了世界是怎么回事,也知道自己没法爱上股票,在大户室里写小说也不能解闷。2000年,她坐上城际列车,到深圳做了《女友》下半月的主编,摆荡在两个城市之间。

一年后的农历8月15,我们相识。

档案资料只到证券公司的经历为止,后来再没更新过。

那些履历表上,前前后后总共贴着果子4个版本的一寸照片,看得我无话可说——这就是一个人的一生吗?我之所以能拿到，能拆开，是因为你的一生已经结束了。在中国很有象征意义的这个牛皮纸袋，把人生最重要的东西，全部漏掉了。它没有记载你主动结束的第一次婚姻，你被迫和可爱的儿子分开的痛苦和内疚……一切复杂的事情，它都选择遗漏。

所有这四个时候，我还不认识你，那时我分别在沈阳、厦门、北京，在茫茫宇宙的时空坐标里，8月15的月亮还没有运行到属于你我的位置。

一切还没发生。

承诺

2004年9月底，果子出差杭州得知自己高度疑似乳癌后，冷冷地电话我，像在进行例行的信息通报，并当即表态决不会拖累我。我当时正休假回家，坐在一间朋友介绍的中医诊所里，希望医生能解决我连续低烧两年多的郁闷。

手拿电话的我，心里一下子很虚，仿佛心脏成为一件软得失去弹性的纱包，手指轻轻一压，半天都无法复原。但我很清楚，她的腔调越是冷，就越是需要我在。这点基本常识我还是有的。于是虽然很虚，但还是装作潇洒地建议她先别想这些没用的，一切等到确诊之后再说，别咱们戏剧性的分手了，结果查出来虚惊一场，那不白分了，还折了我的名头。

这么说是有缘故的。2003年，我认识果子、并从北京移民广州的第 2 年，在相处了一年之后，觉得需要磨合之处的数量和难度似乎超出了预想。虽然两个人尚觉心中有爱，但都勇气不足，于是，商量好一起去开平看碉楼，回广州后，就准备分手。

当晚是正月十五，在开平的河边，我们买了好多烟花，一群小孩子追着我们，围着看。我放完了扭头看到果子的眼神，就又冲到档口买了一堆，让她等在河边，跑回来再放。河岸两侧，烟花乍开乍谢，在天上，在水中，无端灿烂。意识到自己参与了这么美的游戏，夜空也曾为此发光，身边的人如此高兴，觉得颇有几分满足和惬意。同时，心里却升起一股隐隐的内疚，排遣不去。因为，我们是来分手的。

当然，最后没有分成。两个人决定一起努力，试着往前走。

接到果子的电话之后，我没等国庆假期结束就飞回广州，她也从杭州匆匆赶回，两个人开始奔波于各大医院，安排第一次手术。后来，谈到治疗与护理的辛苦，我在电脑上看到她整理的短信里有一条（让她感动和喜欢的短信她都会记录下来），是我那阵子发的——"士为知己死，况几天辛苦乎"。把这段拣出来是为了说明，当时我的精神资源是传统的东西，伯牙子期高山流水，不热衷交际的我真正的朋友寥寥可数，但真的相信"士为知己死"。

化疗结束那年中间，闹过分手。要强的她几次主动谈散，因为未来压力的确太大，我是家里的独子，情况要复杂得多。而我，和果子度过了最艰难的时候，情况一缓和，人性中自私的部分原本被压着，这下也开始往上泛，于是真的动了分离心。态度很游移,游移到找其他朋友述说,想让自己在旁观者的眼中显得可爱,想找个旁证:即使选择分手,我依然可爱。

果子说,我只要求你一点,以后要是我复发病危,最后的时刻不管你和谁在哪里,都要赶来陪着我。我说好,这算是我给你的"终极承诺"。双方都觉受伤。

思前想后,我真的觉得不公平。在我们刚刚相识的长江的夜航船上,江风浩荡,两岸灯火高低明灭,果子对我说,"这一切不是没有意义的"。这是果子给我的承诺,就凭这句,在具体爱上她之前我已确知她就是我该爱的人。那么,病后分手的今天,这意义在她身上的体现是什么?谁来给她一个承诺?如刺在喉,让我耿耿于怀,我不能容忍世界成为这个样子,接住了我的人一回身,自己掉沟里了,这叫什么事儿啊!别的我管不了,自己眼前的做一点还是可以的。

我找到一个理由说服她,我知道我一说她准动心,"我是上帝派来证明他爱你的"。

她在 2004 年 5 月接触了基督信仰,10 月第一次住院期间,屡次发生对于医生可以接受、对于病人难以容忍的事故,不得不连续手术三次。在雪白的病床上,她曾愤怒地觉得上帝离弃了她。出院后,百般辛苦,重建信仰。

2005 年的 9 月 9 日,我们登记结婚了,她说要讨个好彩头,长长久久。她跟我撒娇,"你看你拍结婚照都不笑的,你说你是不是被迫的,你说你是不是不情愿",我说"没办法,你又不是不知道,我一对着镜头就不会笑"。其实,我心里的确不轻松,并非十足的幸福。但与其说这与果子的病有关,实则是与我的性格有关,我似乎"先天性恐婚",总觉得婚姻的责任过于重大。说这段的目的,是当时我有"滴水之恩,涌泉相报"的意思在,评书联播、武侠小说、甚至香港黑帮电影,呵呵,都起到了熏陶的作用。

"我是上帝派来证明他爱你的"。出口之后一咂摸,未尝不带着一丝调侃,还有几分主角的自负,觉得自己很重要,我的出场让生活有了意义,我证明了爱。这句话,甚至可以说是一个不信的人,对一个有信仰的人所说的一句善意的谎言。那会儿要说自己能领会谦卑,是谈不上的。

柔光

之后,作为两个现代社会里司空见惯的缺乏安全感的人,果子的安全感并没有得到我充分的照拂。我是没压力就松劲儿的人,形势稍有缓和就琢磨着自由自在出去放风,积累下的问题没有得到迅速的清理。而我则像中邪一样仿佛被自己的某一部分辖制着蠢动,好像在对稳定的生活做反弹。我想,有段日子一定让果子伤心失望了。

好像因为自己把终极承诺落实了,平日里就可以稀里糊涂混日子,"这些都是小事,反正怎么说我都不会和你分手的,我做得够好了",这是我那段时间的想法。我以此为借口容忍自己在其他方面的错误，回想起来好像在守着人性中的那点东西和上帝谈条件。其实，我的爱并没有像果子所感动的那样深。她对我，超过我对她，总是她原谅我的错误，而我像孩子一样总企图滥用这种爱。

再以后，2006年9月，我们刚下决心搬到郊区的新家，家具还没配齐，她又高度疑似复发。之前，收楼后我们在旧的小房子里犹豫了一年，迟迟不敢搬。因为乳腺癌术后两年是一个门槛，两年不复发，才算是打赢了抗癌第一仗。毕竟，乳癌在诸多癌种里尚属容易治愈的。也正是这点，让人在希望与绝望中翻滚。在即将满两年的时候，身体没有任何异样，我们以为可以安然过关了，才着手搬家。

然而医生通知血液化验结果有问题，让她马上安排重新检查。随后，确诊复发，而且是最凶险的肝转移，中位生存期为6—8个月。那感觉，就像有人在拨我的血管做弦，弹琴。而我只能例行公事地安慰她，倍觉话语无力。果子说，命比人大啊。

因为复发，而对原来的医院和医生彻底失去了信心，于是重新权衡选择。去医院检查的大巴上，我靠着车窗说，"我刚准备好吃一块糖，结果生活却把一吨糖堆到了脑袋上"。果子听出话里有无奈的意味，敏感到婚姻没有使我们完全成为一体的，这让她难受。死亡的阴影，就这样渗入了生活。或许存在一种感情，遇见死亡就能立即升华，但坦率地说，我所拥有的这一种较为软弱，需要一个过程。

这个镜头过去之后，下一小节里，因为我对自己的家庭摊牌谈了这些，之前心存侥幸没有谈，复发了不得不履行知情权了，于是不可避免地感受到压力，果子也不出意料地被质疑。而我受到这些情绪的影响，无处释放，没有有效地对病人屏蔽负面信息，泄露出来的东西让果子焦虑。

好像记错了，好像是婚后复发之前和家里谈的，姑且这样吧，也许好理解一些。总之是，我距离电视剧里演的默默承担、胸怀如海的男人差得不是一点两点，只是靠着一分残存的本性、一分天生的爱说笑，一分面对命运得过且过的赖皮，交了份勉强及格的考卷。

幸好，在与疾病相伴的日子里，果子的灵命日深。她的信仰再次被命运逼到墙角：神就是爱，可神到底爱不爱我？面对这种逼迫，果子选择奋力拍打翅膀，让身体离地——

神不会加诸我们所不能承负的重担。万物各按其时而美好，如果神允许死亡发生，那么我们不应带着怨恨苦毒的心结束此生之旅，因为死亡并不是一切的结束。如果死亡是结束，生命的意义就只能是虚无。最终的承诺只有神才能给予，在深渊之底，有他的手托举着，从死亡的阴影下拯救每一天。"我虽然行过死荫的幽谷，也不怕遭害，因为你与我同在"。

果子为神已经让她拥有的每一天而感恩，开始了向死而生的生活。在小本子上，她一笔笔记下朋友们给她的爱，转过身，尽自己最大努力帮助身边的病友。如果看到这段话，果子一定撇撇嘴说，你这么说是要把我说死啊。那就换个说法吧：果子就是那个让她周围的人觉得温暖的人，即使她病了，也还是能让人感觉到这种温暖。

2005年底，她结束第一次化疗后，自学通过了心理咨询师的考试。此时当她面对人生最大的考验时，真的像个心理医生一样，开始用自己的经历、治疗过程中的教训来帮助和鼓励身边的人。或许自己不经受痛苦，就无法真正安慰别人。这话说起来，理由如此通顺。

她全然拥抱着此世的最后生活。我只是看着这一切，无法分担一丁点她切实的肉体的痛，无法加入她为进入另一个世界的自我清洁与爱的准备。我的遗憾，正在于这后一半本是我可以更多参与的，如果当时我的信足够多，如果我不是囿于理智。

在这个过程中，我充分认识到人的局限，属人之爱的局限，我甚至强烈感受到，并对果子说，在疾病中你越来越好了，而我却越来越坏了，因为我只凭自己的力量，甚至不惮以恶为善。顺着很多念头走下去，情节稍一铺展，都是人性的渊薮，那时觉得作家太好当了，以前一直不擅长的虚构，现在俯首可拾，生活高于戏剧。但说实在话，自己并不敢顺着每条暗示往下想，于是才切身体会到，文字把玩多了，很难不是对自己生命感觉的戮害。没有信仰的严肃作家，心灵或将布满穷尽人性所将带来的锈斑与脓疮，用自己的生活为所谓的作品殉葬。

我的爱太有限了，太局促了，而我竟曾暗地自诩。生活中的制约太多，我虽然懊悔，但重新来过，却并没有信心做得更好。如果不在更大、更包容、更倾空自我的爱里找到根基，我所能做的可能依然只是勉强应付、蒙混过关。

我曾站在死亡的面前，尽管，那不是我的死亡，但我却不得不依靠把自己的一部分变硬来抵抗它，这种抗拒可以获得表面的人的胜利，实质上死亡的伤害和同化却已悄然发生。心硬者有世界，温柔者有神。有信仰者照看世界。每每回望，在疾病中，我才是被照看的那一个。

礼物

果子追思会那天早晨，清晨4点醒来，躺在我们的床上，翻看到卢云的一段话，"如今，在他们死后，捆绑他们灵命的需要和伤害已不再约束他们，阻止他们将一己给予我们。他们现在可以将他们的灵传送给我们，我们也可以和他们有新的联系"。我不得不承认，或许会互相伤害的属人的需要退场之后，果子的确更美了，美得不可方物。我打心底里相信，她已经领到了一张天堂影院的永久门票。

生命本身是一件礼物，而果子做到了，跟随信仰，让生命的破碎同样成为礼物，最后的礼物。神就是爱，而人，需要用自己的行为把信仰活出来。

"一粒麦子如果不落在地里死了，仍只是一粒；如果死了，结出许多子粒来。"果子破碎在泥土里，所以更能彻底地给予。林语堂说得好，只有基督徒才能制造基督徒。我相信耶稣基督对人的伟大感召；我相信以原罪的方式彰显的人类不可克服的局限；我相信必有适合我的路；我相信"如今常存的有信，有望，有爱；这三样，其中最大的是爱"。

以书为证

《卿卿如晤》

在抽屉里找见果子从一个小记事本上撕下来的两页纸,是她 2005 年底的几则日记,她经常随手写,许多本子都是写了几页就空着或者换了用处。

其中,12 月 26 日写道:"欣然得知考上心理咨询师,随手将当初乱买一通的书拎起一本看……《卿卿如晤》快看完了,也是好书。看好书是很幸福的事。我甚至想,如果有一天我死了,Z 如果还爱我,还在我身边,我临走前就把这本书留给他看。"

Z 就是指我。而果子,已于 2007 年 11 月 3 日永归主怀,37 岁。

追思会那天,早晨 4 点醒来,在床上翻腾几下,打开台灯,把这本不长的小书从头看到将近完。快中午的时候,两个外地的朋友打"飞的"来,其中一个男人站在阳台上背对着房间流泪。不知说什么,不知谁该被安慰,谁该安慰谁,于是把他们丢给其他亲友,回到房间接着把《卿卿如晤》看完。

书是果子2005年12月13日在香港基道书楼买的，台湾雅歌出版社的版本。据说，这本书曾经安慰了许多人。果子显然也是希望如果有那么一天，是的如果有，它也能安慰我。

这一天真的来了，书也看了，我很难说自己受到了安慰。当然，看这本书的时候多少有点一目十行，急切地想找到一句警语，振聋发聩或醍醐灌顶，令眉间到胸口间的酸烦立时散掉。

路易斯因爱妻之死（骨癌，我知道那是很痛的一种病）而对上帝的责骂与怀疑我听着都还顺耳，其实我自己根本还没顾得上去怀疑责问他，那有用吗？我多少觉得那是一种自私的行为，因为那不过是一次自救的努力，不过是活人企图与这个让他的爱人死掉的世界和这个世界的所有道理和解的过程。最后，他经历这一番折磨之后重新与神和好了。

我没什么值得一说的读后感，只是觉得不尽兴，就这么几页，就完成了如此重大的一项工程。当然，或许因为我与神没有那么亲密过，所以也就谈不上和好，和好也就没那么容易，和好的场面对我的触动也就不大。不好说我失望了，我也不想做那个"不能被安慰的人"，我只是没这么容易就放过这件事，一个人就这么不在了，我心里觉不出急着怨怼、发泄或和好的需求，有空儿我还要再琢磨琢磨。临了想起书里印象最深的，果子在家中给前来探望的肢体泡茶倒似乎是第二篇序言里点破的那层有点存在主义神学调子的意思，上帝总有些不可解的行为，而信心只是承受痛苦的依凭，而不是靠能够避免痛苦换来的。更直白地说，祈祷最好是用来祈求获得对苦难的耐受力，而不是要求豁免权。所谓成熟，就是某天我们不再就一些无解问题提问，信仰领域同样适用。

在朴素的反应中，我觉得我们所接受的这一个，是超越的上帝，而非一个恩典的上帝。里面似乎有委屈在，但当要写下来时，就觉得难以把这话形成定案。毕竟，痛就会骂娘，这是人朴素正常的本能反应吧，呵呵，甚至这才是健康的反应。但，这是人类唯一的选择吗？人竟有了文化，有了修养（有时我认为只是由于修养，即某种符合文化标准的行为习惯，例如，有的人会有礼貌地应对冒犯和伤害）。在一切严肃得要写下来的场合，我不得不承认，这其中依然有恩典在。尽管可能我是那么委屈，但这份委屈是被倾听的，即使当你觉得无人可诉的时候，而且往往正是在你觉得无人可诉的时候。恩典是生命最终的完成。

《四种爱》

有时我觉得自己拥有了一个较高的起点，当有人为飞机晚点或牙痛快点消失祈祷的时候，我曾有机会为爱人多活一些时日祈祷，随后，我还获得机会，诚心地祈祷，让她离开吧，她为了自己，该去一个更好的地方了，别怕亲人伤心而努力留下。语气充满歉疚，因为我无法确定，是否时候到了，一直到最后，我都无法确定，这时候是否真的到了。神啊，我抱怨过辛苦，但你知道，这次我不是为了这个而想让一切结束。

呵，这开头开得，开成了这个样子。这本书我看的是国内华东师范大学出版社的版本，是我的一个好朋友编的。那年我去北京，从他家出来，他请我去吃炸酱面，问我，那你和果子怎么办？尽管朋友们都知道当时还只是我女朋友的果子患了乳腺癌，但他是唯一一个直不棱登把这问题抛到我面前的朋友。我忘记如何回答的了。后来他告诉我：你说，你要和果子结婚。随后就知道你们结婚了。

听他说这书不错，我才买来。去马来西亚的几天看完了它。在 PK 岛上，复活节那天把电视调到 CD 古典音乐频道，对着窗外的海湾。

书写得既睿智风趣，又有信仰根基，可作为对艾柯、昆德拉之流认为上帝不会发笑者的反驳。原本看完很想认真写个评论，但却被书末尾处的一个注解绊住了。注解是这样的：写此书之时，路易斯的太太已处于癌症晚期，即将离世。

被绊住的理由很简单，路易斯经历自身苦难之前与之后的作品绝不相同，写《卿卿如晤》的就是写《痛苦的奥秘》的那个人吗？呵呵。我的起点高了，似乎在要求每句被我信赖的话，都必须出自同样经历痛苦考验的心。我对痛苦一旦降临到作者的身上将发生什么，并无足够的信任。讲道者常见，而证道者稀少。妻子死后，路易斯三年后也离世。我很想找一份他的年谱，把他在《卿卿如晤》之后写过的书找来看。但公允地说，《四种爱》值得一看，毕竟，只有死了妻子的人写的书才能推荐，标准未免苛刻。

看的时候我曾想,这本书该什么时候读呢?年轻时该读,为了学以致用,避免犯错误,但恐怕很多地方是读不懂的,或者是自以为全都懂了。如果多年后再读,他会别有所感。而阅历足够丰富时再读,许多观点会觉得并不那样新颖,但却有一股缓缓的温情。只是,只是,这份温情被终止在那个注解。

而下面这段,帮我更深地理解了部分往事——"举一个极端的例子,我们就可以看到,接受、不断地接受别人对自己的爱(这种爱不取决于我们自身的优点)是何等地困难。"

随后,作者举了绝症患者接受家人之爱的例子,并说,"在这种情况下,接受比给予更难,或许也更有福。"结合上面的注解,我想,这是作者的亲历之感,他充分理解了病中不得不被他照顾的妻子所面临的困难。神"不仅会改变给予之爱,还会改变需求之爱,不仅改变我们对他的需求之爱,还会改变我们对彼此的需求之爱"。

对于我,这本书最大的现实价值在于,他以充满机智与宽容的善意,批评了基督徒对圣经有问题的理解,令信徒的行事,可以不显得那么有违正常的人性,不把"人性的堕落误当作上帝恩典的加增"。而本书的主要部分,物爱、情爱、友爱、爱情尽管美好,但都不应把自己当作最高标准,即,属人之爱的局限。我想,我已经体会过了,大爱的引入,可以让我们更好地拥有属人之爱,做得更好,它们之间不存在竞争的关系。令人惆怅之处在于,我无法全然肯定,如果果子病重期间我读了这书,是否真的就会做得更好。

路易斯说,"去爱,本来就是一件得冒险的事。爱任何事物,都难保不会有心碎的可能。不愿选择担惊受怕的人,剩下唯一的去处就是地狱,因为除了天国之外,唯一让人免除一切危险,或扰攘的地方,就只有地狱。"道理固然如此,然另一让人倍感惆怅之处亦在于,我们更多地学会了爱,可以转而爱更多的人,却无法回过头来爱那个和你一起学习的人。道理固然又是如此:这就是人与人息息相关的证明,这就是爱的传递,是的,当我们更加跳出来看时甚至还能说得更好:这就是爱的秘密。所以,人会惆怅。

装作爱神很容易,装作爱人很难。在我们至为痛楚的时候,我们的语调格外温柔。或许这是,爱的另一个秘密。

《成就爱》

我想象过数次,当果子的书捧在我手里的时候,会是什么心情。但其实每次都是想一下就宕开了,人无法在一种微微震颤的幸福状态下停留太久,就像波粒二象性吧,呵呵。我祷告神赐我智力、眼力与耐心,认真做完最后一校,找出所有错误,也感谢亲友团的代祷,如果不校这一遍就出书,我非郁闷得钻进洗衣机里先泡后洗再甩不可。感谢神的保守!我本以为已经校过那么多次,自信满满,感恩啊,不然真是没法交代啦,好险!

2009年3月9日，果子的书，终于被我实实在在地拿在手里。刚拿到时，第一反应就是觉得不太满意，想让封面的颜色再暖一点，但因为工艺的缘故，封面比设计的意图淡了一点。但我也知道，这样一本书会让我越看越爱的，我已不可能有所谓客观的评价。

回忆在与不同出版社的接触中，朋友们认为本书具有成为畅销书的潜质，但前提是，必须增补二人世界的感情内容，"病发前你们是恋人，病后反而成婚；婚后身体无恙，刚一搬家却复发；一复发就是最凶险的肝转移，中位生存期只有6—8个月，却还能葆有感恩的心；这完全可以改写成曲折动人的《知音》版故事"。要么，就以白描的手法刻画治病求医过程中更多详实的细节，"像'自白派'女诗人那样，或者打造成一本女病人的心灵鸡汤"。我很感激这些专业而坦率的意见，也心知肚明本书在图书市场上可能遭遇的最大批评：内容较为分散，缺乏集中力量的挖掘。

但，一份真实的生命记录、一份未完成的遗稿，不就该是这样的吗？谁的生活是围绕中心集中刻画的呢？我的态度于是也日趋明朗，我只可能删字，而绝不会把这些文字当作再创作的素材。怎么可能大修大改呢，我不应该自以为拥有这种权利。朋友们都很理解，我遂决定自费出版。

之所以这样决定，就是为了尽心尽兴尽意地表达、不做任何妥协地处理文字。我尽最大努力保留果子作为一个癌症病人、一个读书人、一个基督徒，对疾病的思考、对医疗的反思、对信仰的体会与践行。

　　一个主内弟兄看完后，说很感动，只是觉得信仰的内容不够深。我同意他的看法，类似的意见在争取出版阶段就曾有肢体表示过。和想得深的人比，她做到了；和做到的人比，她有文笔和机会记录下自己的部分想法。对于我来讲，至为重要的在于前者。路易斯想得足够深了，但也要自己宣泄出来一本书才能平复。其中或许有一个秘密，一个只能猜测的秘密，事关死者对未亡人最大的体恤。不说，因为只有神才确知。

　　从把果子写满了三个本子的日记录入电脑开始，到整理她所有的电子文档，直到最后一遍校对印刷厂准备开机前的蓝样，一想到能把果子的见证出版、摆在书店里、交到那些她最想帮到的人手里，就美得不行，但是如果赶上情绪低落，尤其是书的出版毫无头绪的那段日子，则是不敢想，心里怀着隐隐的害怕，我怕做不好这件事。

　　在这个过程中，我学会了把事情交托出去，信任这本书有它自己的时间。在那个合适的时间，它就是我们唯一的孩子，出生，被祝福。

　　整理遗稿就是对生活的反刍。从2006年9月开始，果子的癌确诊复发，她就此开始了"向死而生"的生活。在小本子上，她一笔笔记下朋友们给她的爱，转过身，尽自己最大努力帮助身边的病友。

　　她全然拥抱着此世的最后生活。我只是看着这一切，无法分担一丁点她切实的肉体的痛，无法加入她为进入另一个世界的自我清洁与爱的准备。我的遗憾，正在于这后一半本是我可以更多参与的。如果当时我的信足够多。

在这个过程中，我充分认识到人的局限，我甚至对果子说："在疾病中你越来越好了，而我却越来越坏了。"因为我只凭自己的力量。我的爱太有限了，我虽懊悔，但重新来过，却并没有信心做得更好，如果不在更大、更包容、更倾空自我的爱里找到根基。

她走后，家人与朋友相继信主，书出版后，更有许多素不相识的朋友发来对福音渴慕的邮件。心硬者有世界，温柔者有神。生命本身是一件礼物，而果子做到了，跟随信仰，让生命的破碎同样成为礼物，最后的礼物，一份无法退回的礼物。

感谢神，一遍一遍的阅读校对几乎已经弥合了物质世界的分离。当你已经能背诵一本书，并且充分理解一本书的时候，可以说这本书已经是你的了，这个人，扎扎实实就在你的身上，带着爱与美好、歉疚与满足。更何况，还有在圣灵里的交通。

哀恸的人有福了——论悼亡诗

这个题目已经有中文系的同学论过无数次了，好在他们不一定有人可以悼亡。

自打西晋潘岳为悼念亡妻而作《悼亡诗》，其后悼亡诗就专指悼念亡妻的诗词了。"望庐思其人，入室想所历。帏屏无仿佛，翰墨有余迹。流芳未及歇，遗挂犹在壁"，这就是开风气之先的潘岳诗中句，很容易读，大意就是在屋里走动，到处都是亡妻的痕迹，真是"怅恍如或存"啊，好像其人宛然还在的样子。

大伙最熟的可能是："十年生死两茫茫，不思量，自难忘。千里孤坟，无处话凄凉。纵使相逢应不识，尘满面，鬓如霜。 夜来幽梦忽还乡。小轩窗，正梳妆。相顾无言，唯有泪千行。料得年年肠断处，明月夜，短松冈。"因了金庸小说的普及作用，苏东坡的这首《江城子》早早就在课本之前被熟读。我看了却基本无动于衷，或许是嫌其意象陈旧吧，惨兮兮的一点都不禁琢磨，曾着迷的是书中另一简单的陈述句——"我的结发妻子在大海彼岸，不能相见"。

妻子故去十年之后，苏轼忽然做了一个梦，于是写下这首词。描述梦中情形或是模拟其人仍在的场景，是悼亡诗催人眼泪的两大武器，中西皆然。像这首《声音》，就是哈代凭吊与夫人婚前同游过的地方后，写下的一组悼亡诗之一：

> 我思念的女人，我听见你的声音，
> ……
> 真是你的声音吗？那么让我看看你，
> 站着，就像当年等我在镇边，
> 像你惯常那样站着：我熟悉的身姿，
> 与众不同的连衣裙，一身天蓝！
> ……
> 而你已永远化为无知觉的空白，
> 无论远近，我再也听不见你？
> 我的四周落叶纷纷，
> 我迎向前，步履蹒跚。
> 透过荆棘丛渗过稀薄的北风，
> 送来一个女人的呼唤。

凭吊旧时行踪，最易发的就是物是人非之感，"我俩紧密的联系／将不留踪迹地消失／我俩约会的地址／将恢复早先的孤寂"，这在中国古典诗词里同样很常见，哈代接下来的句子却带着独特的西方文化印记：

"尽管我们盟誓热烈，
尽管欢乐如泉水涌出，
幸福达到了它的限度，
如今看到了最后判决。

深深地痛，但不呻吟，
出声地笑，无声地受苦，——
爱之路比那石头路
要更为崎岖难行。"

哈代与苏轼同以朴实真挚见长，而不以文雅用典取胜。人到至恸处，或许顾不上掉书袋了。

不过，悼亡归悼亡，苏轼据说歌妓加小妾，没少忙活，时代风气吧，诗人不是道德家。哈代也另娶了自己的女秘书为妻。所以很可理解原始社会、封建社会王侯权贵们死后配偶被迫殉葬的风俗，那时候的人性表露得更直接，当然，也因为拥有生杀大权而无需掩饰，即便死者无言，皇亲国戚毕竟意难平。

真正情场留得薄幸名，然颇多悼亡名篇传世的是唐朝的元稹。且看下面几句，都很打人："昔日戏言身后意，今朝都到眼前来。衣裳已施行看尽，针线犹存未忍开"，意思是"咱俩以前做玩笑状聊过死后的事情，现在一件件都成了眼前必须面对的现实。你用过的衣物我不忍相对，都已经施舍出去，你亲手缝制的东西还留在抽屉里，我却不敢打开"，不可谓不真啊。可见，把爱人的衣物捐献出去，并非现代才有的行为，因爱而为善，人性古今略同。再就是最著名的"曾经沧海难为水，除却巫山不是云。取次花丛懒回顾，半缘修道半缘君"，风格稍显浮艳，前半段广为言情小说引用，后半段确也难辨几分矫饰几分真。

悼亡诗的另一主要内容是生者的自怜乃至于自恋，情感症状的主诉是孤独，以梅尧臣诗为例，"每出身如梦，逢人强意多。归来仍寂寞，欲语向谁何？窗冷孤萤入，宵长一雁过。世间无最苦，精爽此消磨。"而王船山悼妻的"残帷断帐而留得，四海无家一腐儒"，因为笔下附带了光复明室无望的家国情怀，则简直是孤愤了。

亦妻亦友者、老来单飞者，想来寂寞尤甚。而中青年男士们可以在爱伦坡的《安娜贝尔·丽》中得到安慰，确认自己的悲伤并不比老夫老妻们逊色：

"但我们的爱，与年长我们的相比，
来得更热烈——
与更聪明的人的相比，
来得更美丽——
纵然天上的天使抑或海底的恶魔，

都不能将我们俩的灵魂分离

我与我美丽的安娜贝尔·丽。"

在许多未亡人心中,能够宽慰丧偶之痛的不多几样东西里,可能包括:在已不可能拥有生的情形下,企图独自占有爱人的死亡;敏感于自身悲痛的不可通约性,甚至强作不可安慰状;敏感于围绕着死亡的生之聒噪。其实这不难理解,爱情本就追求唯一,玫瑰要且只要被驯化的那一枝。

丰富的诗歌传统,使人们几乎穷尽了在各种情形下追念亡人的可能。比如李商隐连独自出差在外的心情也写到了,"剑外从军远,无家与寄衣。散关三尺雪,回梦旧鸳机",在外地天冷了,再也没人给寄件棉衣,雪夜里,想起你坐在缝纫机前的身影。

没有什么情节或什么技巧是没有被用到的,但却有一个人是从来没有被写过的。或许这就是悼亡诗历代不衰的缘故吧。

新年那日,我随口拈得几句,算作是我的悼亡:

"桥下的水流哗哗,

肉体的疼痛啊啊。

亲爱的你还好吗?

让我们一起回家。"

好像很没文化的样子,可责之有失直白,亦可赞其富于歌谣风。这类诗通常不以炼字炼句慑人，而需情景带入。因此常在诗前附一短序，点出背景，为唤起读者共鸣做铺垫。补序，并录全诗如下：

余与妻相识六载，情意弥笃，结发三年，共渡癌关。最乐之事有三：读书之妙，出游之美，云雨之欢。其品可交，其智可玩，其诚可托，其心可宝贝。

及病，波折频起。然吾辈岂能仰死亡之鼻息，荫翳之下倍觉生之畅美。吾妻秉持心性，奉耶稣基督之名，单兵突进，灵命之旗猎猎于冥风之上，昭示爱之大能。终以至弱之躯，映射柔光。绚烂于倏忽一世，三生何幸？

人痛可归家，今吾痛，且离家。西行千里，彳亍于故地，独立万子桥头，念当日吾二人挽坐栏上，夕光万点，花红一岸。

天堂静美，人伦永隔，溪水之急兮将奔何地？波光粼粼处，吾今见汝笑靥矣！

  桥下的水流哗哗
  肉体的疼痛啊啊
  亲爱的你还好吗
  让我们一起回家

读后或许悲伤，或许觉得以顺口溜悼亡可博一笑，这都是合适的。只有诗歌的丰富性能够做到，不对任何一种读后感说不，只拒绝世俗的索解。有时关键倒在于解读呢,如果你曾随陆游暮年重游沈园,"城上斜阳画角哀,沈园非复旧池台。伤心桥下春波绿,曾是惊鸿照影来",傍晚斜阳西照,店铺里的音乐隐约传来,丽江已不复是当年的模样,只有万子桥下的溪水依然清澈地流淌,仿佛千年不变,波光粼粼的水面,曾经映照你绰约的脸庞。放翁七十五岁的心情,当日不是亦在吾等胸臆中吗?

虚心的人有福了,因为天国是他们的。
哀恸的人有福了,因为他们必得安慰。

古诗杂读

一

某日忽然想起这句:梦里不知身是客,一晌贪欢。已经记不全了,于是在网上搜——

帘外雨潺潺,春意阑珊。罗衾不耐五更寒。梦里不知身是客,一晌贪欢。

独自莫凭栏,无限关山。别时容易见时难。流水落花春去也,天上人间!

李煜国破被囚,随后人也殉了。中国诗词,多是历史与情感的纠结,当年以为这首很肉体,此时才发觉竟也超然。作者的笔已经超越了自身的存在,也超越了对自身存在的理解,写出了他所没有理解的东西。

梦里不知身是客,醒来亦不知今生此身本是客,尚且贪欢,别时容易见时难,天上人间。

梦里不知身是客,既然梦里梦外都是客,作客的,也有欢愉吧,也有偶遇吧。快乐不分主客。亲爱的,让我们去作客吧,谁愿意做这世界的主人就去做好了,客人才有随兴所致中途退场的自由。

梦里不知身是客。某个早晨,我成为梦的客人,我被邀请进入一个梦,我无法常住在一个梦里。我完全没有主动权,我被邀请进入它的时间、它的情节、它的结局——它的真实。另外那个被邀请的人是谁,醒来时我才知道。在别人的家里,遇见我们想要见的人。纵然悲伤,亦是贪恋。一晌贪欢。

二

因为那首"悄立市桥人不知,一星如月看多时",早就买了黄仲则的《两当轩集》。一直没有翻开,却每每吟哦,"悄立市桥人不知,一星如月看多时",总觉出一份对沉默的体会和投契:没什么好说的,找一地儿站着吹吹风,人多人少不拘,反正也不看人,扬着脖子,拿个星星也能当月亮,装模作样的欣赏。

夜沉静,台风过境,天凉爽,灯下逐首读。随手划几笔,没有什么更多的感慨,像很多次开卷时感受到的那样,也不再有什么还没被道尽的话。似乎是在借人家的诗抒自己的胸臆,可诗人自己都说,"如此辛苦为诗后,转盼前人总不如",我辈就更不需写了。

想要抄几首,偏觉味道或是浓了,或是变了,不复是几日来灯下的那份戚戚感。细追究，约略是读时但有一分通感就做下记号，而重新检点的时候，你的就是你的，我的还是我的，丢不开，咽不下，放不走，留不住。所有相同中的不同，所有不同中的相似。

秋天的夜晚，就先抄几句《秋夕》吧——桂堂寂寂漏声迟，一种秋怀两地知。羡尔女牛逢隔岁，为谁风露立多时……

同一句式的还有：似此星辰非昨夜，为谁风露立中宵。——都是一个意思，就是一人，大晚上的，干站在那，什么话也没有。

劳生岂不惜，幸有相与欢。——这首写鸟的，虽然天寒，但小鸟有伴。

不知何事劳，但若有所待。——这句写无所事事的样子，美其名曰，在等待。

好名尚有无穷事，力学真愁不尽书。——读书人的真心话，所以还是无所事事，呵呵。

风前带是同心结，杯底人如解语花。

别后相思空一水，重来回首已三生。云阶月地依然在，细逐空香百遍行。

从此音尘各悄然，春山如黛草如烟。……他时脱便微之过，百转千回只自怜。——这三首大抵是李义山式的纠缠情结。最爱最后的半句，摆弄来摆弄去，还是要摆个深沉的否定的 POSE 才酷。

而第一首的"解语花"，读来已非当年唐明皇夸杨贵妃的那层意思，不只是会说话的花，而是懂得理解能够理解人的花，阳台上，能知我心的花。于是就"细逐空香百遍行"，于"依然在"处，一遍遍的瞎溜达。

明月几时有,人间何事无。——想想苏轼的"明月几时有,把酒问青天",怎么想都不如这句。

剑白灯青夕馆幽,深杯细倒月孤流。——妙只在"深杯细倒"四字上。

剧怜对酒听歌夜,绝似中年以后情。——中年以后情是什么样子,没搞懂。

忽然想到,杀伤生活的是什么?是死亡吗,或者说是没有未来吗?我的体验,伤害当下的不是没有未来,而恰恰是有未来,未来的诸般可能性虚幻地漂浮在想象之中,杀害现在而不显身。世俗意义上的没有未来并不可怕,因为能量守恒,长度缩短会带来密度的骤然加强。死亡有点石成金的魔力,把每个不经意的瞬间打捞上来装裱成画,可堪久久回味。

正是因为有未来,未来是一堆可能性的集合,可能性的保障需要条件,而相当部分的条件、至少是容易把握的条件是很物质的、被利益化的。更为本质的是,可能性所代表的自由,被抬得很高的作为终极目标被人追求的自由,在现代社会商品经济下,几乎只有靠货币来实现并被储存。货币作为交换的中介,是通向未来各种可能性的桥梁。所以通货膨胀就成了恶魔,人人喊打,因为它让未来贬值。相比之下,人们对种族主义、威权政治的态度反倒相当多元。

世俗的考量每每毫不犹豫毫不怜惜地出场,用所谓的关于未来的长远眼光灼伤眼前人,颓落心上花。而自由究其品性是自私的,所以才有积极自由与消极自由的区分,根本说来就一句,你的自由不能影响我的自由。

且不管是神的拯救还是人的自我拯救,宗教出现了。它的解决办法其实也简单,在伤害我们的现在生活的未来后面,再设一个未来,反者道之动,用另一个未来颠覆这个未来的杀伤力。也就是,在此世之外另设一个来世作为未来。并承诺,与这一辈子相比,或者是轮回报应或者是末日审判,那才是真正的未来呢。呵呵,酷吧,真能让人哭死。

遗憾的是,我们往往就耗在中间状态上,既哭唧唧的不接受没有未来的现在,也没那个幸运或胆量接受另一种未来。整天就惦记指头缝里这一瓜俩枣的,一晃就死到临头了。

我的遗憾,也多半在此吧。仲则诗云,"往事纷纷如踏影,抚棺相对是去年"。

朋朋二三事

果子在病中养了一只金毛犬，名叫"朋朋"。每次洗澡，梳下来的毛都能装满一塑料袋，积攒起来可以织一条金围巾了。每日与朋朋厮混，难免茶杯沿、凳子角、洗澡间里都是金毛。有人警告，"你的肺里都是这种金色的毛！"就当是职业病吧，与矽肺病相比，应该还不至于太差。

朋朋最喜欢网球，和库娃、莎娃一样。每天一早我就带它去草坪上玩球，丢出去，它冲过去叼回来。路人甲与路人乙说，这个人在训练狗狗，狗狗好可爱、好聪明。其实，是朋朋每天早晨带着整天宅在家里的我出来，溜一圈之后开始投掷，我投球投得越来越远，瞄准的话，还常能命中远处的一棵桂花树。每天我要投掷数十次，才被允许回到屋里开始我的早餐。其他人对我说，"你都晒黑了"。

转眼朋朋已经一岁多了，见过许多世面，接人来访也送人别离，是它这个年龄的狗狗所不常遇的。与刚来时比容易沟通多了，散步时再没趁我不注意偷跑进小区的人工湖，也不再喜欢撕东西解闷。门铃响了,它立刻站起来去门口守着,其实他只是好奇等着看看有什么八卦,娱记却装作保安,俨然会看家的样子,其实它的温和可以和贼交朋友。有求于我的时候,依然会颠颠地跑来用前爪和我握手,握完再伸出舌头行吻手礼,典型的以礼服人。我不在家时,它也只是蒙头大睡,或者趴在阳台上痴望着楼下的草坪和湖水。

下楼与它散步,当它在草丛里闻来嗅去,就要提高注意力了,因为它要给花草施肥了。明明是苗圃的花匠,却偏要装作尼罗河上的侦探,不肯放过蛛丝马迹的样子。我收拾它的烂摊子,它自己站在一旁,扭头看我,两条后腿象征性地往后刨两下,仿佛可以把土踢起来盖住自己的垃圾,像个国产政客,毫无诚意的作秀。朋朋撒尿的姿势没得说,帅过所有男女人类。在斜坡的灌木丛边,它抬起一只后腿,金色身体于绿色树丛上凌空侧转。每每令我想起一句唐诗:偏坐金鞍调白羽。小时候念的,从没用过,没想到被朋朋打捞出来。"偏坐金鞍调白羽,纷纷射杀五单于",好酷的朋朋。

这几日天热得很,它竟添了个新嗜好,我冲凉的时候把头从玻璃门缝拱进来,和我一起淋水。

今晚,月上半山,我站在阳台上,朋朋伏在脚边,东天明澈,云影漠漠。十五楼下,湖水夜深自碧,月中无人,月下无人,月色无人。忽想,什么是奇迹?

奇迹就是,今天早晨很安静,我探头一看,朋朋正坐在马桶上看报纸呢;奇迹就是,因为朋朋,宠物店开始卖狗牙刷了,只是它还没养成习惯,需要我经常提醒它早晚刷牙;奇迹就是,我看着朋朋的眼睛,一下子就知道了它昨晚的梦;奇迹就是某天早晨起来,朋朋走到床边,忽然开口问我:"……"我汪汪两声,它热泪长流。

靠着这些奇迹,我活了好多天。

为何信仰

近来，更向上敞开，并深有收获。

主日听到赞美诗，"世上没有任何事物，能隔绝神的爱"，很常见的歌词，我转身望着窗外祈福医院屋顶的十字。那日下午，去看果子，我第一次抱着墓碑，感受到被太阳晒得的温热透过脸颊传来。当日，还听到"我虽经过流泪谷，你使它成为源泉之地，盖满秋雨之福"，忽然间终于可以想见，她的灵，在天上，不受任何拘束，欢乐地围着我飘来飞去。于是很感恩。

圣诞会前，给朋友发去邀请短信，其中一位问，你真的信吗？一个怀疑主义者可能信吗（在多数朋友眼中，以前的我就是这样的人）？随后，这个朋友又连串发问，他以为一个怀疑主义者如果对于这些问题没有解答怎么就能去信呢。我想我一定让他失望了，我拿不出从各个角度经得起他检验实证的答案，这个是当然，因为我想人类信仰史上还没有人交得出一份这样的答卷。人生有时不懂得问，有时忙于提问，也有无数人直接越过了问题，因信得生。

其实，对我是否信仰最有力的一个质问应该是这样的：你现在觉得经过一些事之后终于信仰了，但是，如果让你选择，是没有信仰但能够与爱人终老，还是选择现在的境况？最狠的问题，还是要自己才最清楚。

对于一个完全针对自己的设问，我必须回答——首先，当然是感慨，我们常要感慨，究竟该喜还是该悲，生活没有如果只有结果。如果这个问题是在果子已经信但没有病的情况下提出的，那么我想我终究会与她"同流合污"，只是会花更久的时间，更考验果子爱的忍耐。如果是在果子没有信的前提下问的，那就很难回答了，因为问题就会变成果子为什么会信。于是问题就彻底成了，生活为什么是这个样子的？与成长环境和性格有关，果子比我更懂得爱，她先信一步，回过头来拉我一把。尽管现在的事实是，她用了一种最有力又最温柔的方式拉了我一把。回头看，方知世事无偶然，信仰也不例外。寻求的，就必寻见。如果提问不是为了寻求，那搁置一下或许更好。

牧师要我在圣诞会上发言。我还是有点担心自己说出格，因为自己的体会散漫得很，说给众人听便要多担了责任。于是就想，只说最简单最基本的感受吧。于是，生平第一次在众人面前说——我为什么会信。

最早在1993年左右，我在大学的图书馆里接触到基督教的内容，比佛教稍晚两年，作为一种思想，而把耶稣作为人性的典范，心虽向往却不能至。同样，自命为有理想的人，对理想也是不确定的，只是知道不能没有，靠着少年时的理想惯性滑行着度过了青年，直入中年，却发觉每每陷入虚脱无力、得过且过。对爱，对灵魂，都是模棱两可；对自己，进入中年之后越发觉得很多时候搞不定。

后来，面对果子的信，潜意识里拒绝对生活中种种欲望、快感的放弃，让肉体安然睡在理性之名的庇护下，觉得是一种很有面子的拒绝。很多时候，分不清哪些抗拒出自欲望，哪些出自更光鲜的理智。二者事实上的合谋，恰好说明，欲望与理性、肉体与思想，只是硬币的两面，都是硬币，都与灵魂无关，所以面对信仰它们才会联手，而这，正是信仰之难的秘密吧。

果子本性就是一个满有爱的能力的人，有温柔的心。在果子身上，我实实在在看到了信仰的力量。在她天赋的好坯子上，她愿意做一名"劝慰子"，体察朋友（包括我）的心灵，尽可能的接纳、理解、安慰、包容。有朋友说，他在别人身上也见过乐观面对死亡的表现，意思大概是说果子这个不算啥，或是说，不需要信仰也能做到吧。对此，我同样没有什么可以回答的。我只想说，在远近不拘的将来，如果我能做到像果子一样面对死亡，我对我的生活也就没有什么可遗憾的了。

我不接受果子的一切随风成空，存在主义那一套早就破绽百出。主观上，我需要信，需要相信虽经百折而爱永存，相信一切美好行为的价值绝不止局限在人能喘气的时候。

果子初走时，我敏感于爱她的人不爱我，爱我的人不爱她，而所有的人都不如她可爱。终于发现,只有对自己说,对冥冥之中黑夜高天上的垂听者说,那才是最妥帖的诉说与理解。我对上面提问的那个朋友谈到,信仰不是用来解释苦难的,而是用来承受苦难的,虽然不好意思把自己的经历归入苦难的范畴,但多少也算是感同身受的引用,他认为我在和他讲理论。我忽然才明白,其实,某种程度上,别人的苦难与不幸对我们来说不都是理论吗?如果不是果子明明白白从我的面前离去,我也会觉得这话说得真"有道理"。

我模仿着真有信仰的样子,去关心家人,关心朋友,真的发现,那些时候是我在难受的日子里最开心的时光。原来那些先辈啊,那些蒙福的人,他们没有骗我。"没有人见过神,我们若彼此相爱,神就住在我们里面",我从团契的每个人对我的关心里得到了信心,这个神啊,如果他真的存在,他也是爱我的呀!他就是在我们每个人的行为里显现自身的呀!而且,在我自己毫无办法的时候,我靠着这个或许在、或许不在的神,真的克服了自己身上一直克服不了的缺点,解决了一直捆绑自己的心结,在生活中在工作中,体会到一种自由,不受诱惑不被捆绑的自由,而不是想干什么就去干的自由。当然,更不是求什么就能得什么的自由。因为,果子的信是在求之不得中坚固的,我的信是在求之不得中开始的。

世上多少骄傲背后,都是不堪;多少幸福背后,都是委屈。最日常的婚姻,如果没有更超越的爱做联结,即使是面对果子,虽然她从没问过，但我只能承认，我根本不敢对她保证，如果一个有思想有身材、有修养有脸盘的美女，与我同被投入一个很安全的场景里，我还会保有所谓选择的自由。耶稣在旷野里被试探时所表现出的坚守，凭人自己做不到。一夜良宵而已，何况万国的荣华。

我决定信，然后信了，我一点一点得益了。其实在圣诞会上，我根本就没说这么多。因为说的少，所以记得自己说过的每句话。"一粒麦子不落在地里死了，仍旧是一粒，若是死了，就结出许多子粒来"。这句话我读了两遍，才完整清楚地读出来。无论怎样，无论在何种情境下，我选择相信，盼望不止于今生，爱永存，这爱就在基督耶稣里。这大概，就是我为什么信的缘由。

凭灵魂相认

那年的感恩节,在烛光中果子的泪水滚滚而下,她没有说,但我知道,那其中,当时有我对她的伤害为证,此时有我的内疚为证,她担待我,原谅我。有时我们自己做不到,但有人已经做到了,他们靠着耶稣,从他那里获得力量,他在十字架上为那些钉死他的人代祷,他说"父啊,赦免他们。因为他们所做的,他们不晓得。"有些人伤害我们,他们并不晓得我们有多疼。

如今,我见过那些病痛中的夫妇,那些丈夫,多半做得比我好很多。我总在与他们见面之后才明白,我才是被帮助与被医治的,让我无法不感恩不谦卑。

我去看 Q 时,她老公也在。他们夫妇都是《成就爱》的读者。她打电话过来,我就知道她心里软弱难熬了,特意带着赞美诗 CD 和果子最喜欢的一枚蓝色十字架,上面印有《诗篇二十三》,原本是我挂在客厅里的纪念,送给她做礼物。和她老公站在医院的大阳台上聊天,俯视楼下的树冠,一团团那么葱翠。我希望自己不想再像以往那样拘束,尽量敞开,不再担心我是否对他的性格没把握，不再怕自己说错话，愿温暖的力量可以通过我流向他，曾经的痛苦因此可以变得有益。

我告诉Q前一晚我的梦，我从没像那天一样确信的告诉需要被安慰的人：神的应许不会落空，忍耐到底，必然得救。在梦里我被火烧，真的很痛，我想到有首赞美诗唱道"试炼如火"云云，于是就在恐惧中祷告，挺过了临界点就舒服了，身体依然红热但无痛苦。我释然，原来就是这样的，真的可以靠神经历试炼，猛然醒悟：原来果子就是这样度过那些最难的日子的。

我想起果子临走前的一个梦，当时腹水抽了又涨，她梦到神对她说："不用担心这些，用什么方法都无所谓。你不属于这里，你只是路过。"我以为她神情恍惚了，此时才明白，那就是神赐下的应许，神亲自俯就到她的床边对她说话。正是靠着这个，她走过了最后的未知与恐惧。我从未这样释放地流泪，我终于明白了，全然确信神真的爱她。神不只是一个不断要求超越的神，也是时时赐下恩典与我们同在的神。

Y第一次见到我就说："我觉得我和果子很像。"她是肺癌，刚信主就面临复发的试炼。她老公说，别看我表面有点痞，我也是文化人来着，第一次向我借书，点名借的就是《收刀入鞘》——台湾黑帮老大浪子回头、出狱后做牧师的故事。Y曾用四个字评价她老公的优点"仗义疏财"，呵呵，够酷。

去医院时，看到她那样难受，因为全身转移而坐立难安。我最见不得这个，我说真不想你白白受苦，神告诉我们，他的轭是轻省的，但轭毕竟是套在牛颈上的曲木，看起来奇重无比。我们不能等到把轭放在秤上称过只有半两，然后才肯背起来，神需要我们先信他所言，当你先信靠，把它放在肩上，立即就发觉它真是轻省的，因为神与你共负一轭，只要你能在不好的环境中做出正确的回应，先跨出这半步。我为她祷告，愿她凭着基督，有不被环境捆绑的能力。

神最看重我们在痛苦中的信靠、感恩和祷告。我向他们夫妇坦陈自己的苦恼："我是个标准很强的人，表面对人宽容，但回到家里就全露馅了，曾经带给果子许多伤害。在现在的婚姻里，虽然新婚不久，妻子不仅理解而且经常和我一起出现在病房里，接纳了我的一切，但我依然因为自己的挑剔时常引发争吵。希望你们能帮我代祷，让我摆脱旧习惯的捆绑，得到真正的自由。"

原本，Y的心里对丈夫有很深的埋怨，认为是丈夫造成了她的病。次日早晨，我一进病房，她老公就激动地一边递给我一个本子，一边说："结婚这么多年了这是第一次。"原来，Y昨晚亲手写下："我终于明白，在婚姻里我才是最大的罪人。我凡事过心，想要抓住，对你造成很大压力，最终不但失去了你，也失去了整个世界。如果我到了天堂，一定吸取教训……"他老公一直在医院里24小时陪护，现在更是没有任何怨言，"我心情实在不好，就在心里大喊十几声'哈里路亚'！"

那间医院，恰好就是果子临终的医院，连她们入住的楼层都一样。看到他，我时常想起自己当年做得多么不够，神就是这么奇妙，借助我们甘心的付出，彻底医治我们的伤痛，祝福我们的生活。

两个月后，在Y的追思会上，她的老公对着全场一百多位亲友说："我们每个人都是罪人，但在这间屋子里，我是最大的罪人。我以前年少轻狂，交了一帮狐朋狗友，每天忙着挣钱，以为养了家就算尽了丈夫的责任。最后这三个月，我才真正和妻子达到灵里的合一。"

我想起最后一次去看她，小声在她耳边说的话："最终，我们所有人，不都是凭灵魂相见吗？"她点点头。

吃书人

令人心惊的当代英雄

当我还是一名公司男的时候,在西单图书大厦买了一本《当代英雄》。只知道这是本名著,而且很薄,适合旅行时随身带。

于是,这本书跟着我在澜沧江、怒江、独龙江的峡谷雪山之间游荡了一个月。最后一程的滇桂线上,在火车隆隆中我看完了它。在阳朔休整的几天时间里,又迅速重温了一遍。直读得后背发冷,好像被扒光了上衣扔在冬天的街上。在这之前,在这之后,我从未有过如此胆战心惊的阅读体验。

我心知肚明,这种恐惧来自被人看透的感觉。一个男人被人看透了,还混什么呀,还怎么混啊!之所以急着重读,完全出自一种不甘心:不会吧,应该是我误读了,可能只是略有相似,而我太敏感了吧。

恐惧源自无知,我自我安慰着。一回到北京,就查找作者莱蒙托夫的资料和相关文章,大致搞明白了:《当代英雄》的主人公毕巧林是文学史上著名的"多余人"形象之一,作者被视为普希金的后继者,27岁时死于决斗。然而,这丝毫也没有改变这本书带给我的感受。

读它之前,我以自己8小时之外颇富精神追求的生活区别并傲视身边那群每天赶到公司的更衣室换领带、挂胸卡的白领,以为自己高智商,许多事"非不能为、实不屑为",以为自己蛮有爱的能力,总之,仿佛一只投生到猪群里的德国黑贝。

这个"多余之人",以"无用之用"自诩,"无故寻愁觅恨,有时似傻如狂;行为偏僻性乖张,那管世人诽谤;可怜辜负好时光,于国于家无望";也曾自命不凡,"悲伤的事我们觉得可笑;可笑的事我们又为之忧伤";也曾斗智摆酷,"我只有一个信仰,我或迟或早会在一个美好的早晨死去","我比您更丰富一些,我还相信一件事,我不幸在一个可恶之极的晚上来到人世"。多少次,我的脸上浮现嘲讽的轻笑,好像潇洒的波浪荡漾在一望无际的洋面,自以为深沉过海上石油钻井平台。

然而,真相不过是,"我只从自己的角度来对待别人的痛苦和快乐,把它们当作保持我精神力量的营养","除了对我们自己,我们对一切事物都相当淡漠"。悲伤与享乐、爱情与冒险,用不了多久都会习以为常,"于是我的生活一天比一天空虚,我只剩下唯一的办法:旅行"。

在旅行的路上,我看到了对旅行的解构。跟随毕巧林,我窥到自己原来竟只是一个"道德上的残疾人"。"我的爱未给任何人带来幸福,因为我没为所爱的人作过任何牺牲。我为自己的快乐而爱",我爱不爱她不重要,先要让她爱上我,"如果人人都爱我,我就能在自己身上找到永无穷尽的爱的源泉"。

去年底,我第三次开卷,很是好奇,此番阅读是否还会那么惊心。所幸,阅读依然愉快,但感谢生活,我已非昨。我已见识那肯为人舍命的,"从此就知道何为爱";我已明白,智力与精神实属两个层面的问题;我已确信,"知识是叫人自高自大,唯有爱心能造就人"。

于是,反倒很有兴致地搜寻那些和我一样喜欢这本书的人,看看他们的读后感——

"毕巧林是所有'多余的人'中最得我心的,我没法不拿毕巧林当榜样,因为我最欠缺他的气质和风度。……精神上高傲的坚信命运是掌握在自己手里的,骨子里却被不可避免的悲剧感刻上深深的宿命论烙印,爱情的可得而不可守,生命的必然终结及不可避免……我们的时代,英雄不是战胜命运的人,英雄是看透命运的人。"

"《当代英雄》理应献给我们这个时代的叛逃者,一颗颗毫无顾忌、却闪动着万分璀璨之光的点点孤星。"

"他是社会这个庞大肌体之中一个有思想的细胞,他想凭借自己的能力证明自己存在,他想证明人可以有异于他人规范的活法,他希望以自己的力量去改变世界……他确实是一个'英雄',一个敢于对世俗说不、敢于抛弃传统价值观,追求个人价值的勇士。虽然他失败了,名誉扫地,但无疑他是这个时代最闪亮的人物之一,就像流星划破寂寞夜空。"

这些话，让我想起小时候追捧的《上海滩》，眼看着许文强从"爱国青年变成流氓"，是多么令人兴奋而愉悦的观看经历啊。莱蒙托夫"把我们整个一代人的种种恶习加以淋漓尽致的发挥而描成的肖像"，竟被当代中国青年视为偶像、知己。其实，秘密不过在于我们迟迟没有补完"个人主义"的一课。缺乏思想自由成长的空间，让青年的头脑最有个性的表现也不过是长期停留在青春期式的叛逆和偏激之中。

而年龄再大一些的、一位七七级的大学生这样回忆《当代英雄》："它成为我们情感教育与批判的教科书。从文学中找寻人与人之间关系的道德和情感资源，以小说中的人物作为自己行事的楷模或佐证。"培养工具却不教导做人的学校、真实经处理后的灌输式教育、沉瀣却虚伪的现实，这是上世纪与本世纪大学生心有戚戚的环境基础。

毕巧林对于一茬茬中国读者的积极价值，始终在于尽管他玩世不恭，但他的"多余"，恰好成为对体制的不合作，成为对极权专制的不满和反抗。因此这许多年来，被莱蒙托夫精心讽刺的19世纪初的"当代英雄"，在我们这里却刚刚长大成人，成了真正的当代的英雄，令人不免唏嘘。

病人的背后

因为个人的缘故,相当长一段时间里,一直想找一本写给病人身边人的书。或许这个群体太窄了,又或者与病人相比,作者和读者很自然地更关注病患本人,这也是出版界要尊重的商业规律吧。所以没什么结果,直到偶然翻开《康复的家庭》。

其实,很早就接触过大江健三郎的小说,虽然知道他的创作都是半自传性质,源自他和妻子与天生有智障残疾的儿子大江光一同并仍在继续努力度过的日子,但毕竟小说本身有文体的要求,而生活已经进展到我无法再从虚构性的作品中获得鼓励。这是一本真正贴心的书。

《康复的家庭》是一本随笔集,最初发表在一份日本医疗团体的刊物上。不知温和而坚韧的小个子的大江先生,知道我这个中国读者竟把它当作是写给病人家属的书,会作何感想?以这本书在日本激起的反响,我料想他不会觉得太意外吧,或许应该惊讶的倒是,怎么才有中国读者这样读,要知道,中国的病人人数(也就是与病人共同生活者的人数)要远远多过日本啊。

其实并不需要发现什么太深刻的见解，我只是看到大江先生说，"我每次去取药总要浪费半天的时间，但发现如果在医院里看书，其实和在书房里没什么两样，于是便还主动要求去取药"，就觉得很体贴了。

对着大江先生的书，曾想过照样子写一本类似性质的东西，也不难办到吧，或许还能鼓励一些人。然而自己怯懦了，这个社会似乎更需要坚持骂人的、坚持逗人的，如果忽然冒出来一个坚持鼓励人的，命运想必将迅速转化，会迅速被骂人的揭黑、被逗人的解构，转眼变成一个需要被鼓励的人了。

要说写给病人家属的书，中国也有：周国平的《妞妞日记》，感动过很多人。患眼底癌的妞妞经手术或可健康，但即使健康也要承受失去双眼的终生黑暗。作为父亲的周，选择了不手术，他觉得女儿作为一个盲人需要面对太沉重的生活。一个父亲面临这种抉择的情景，旁观者无法讨论，更不要轻易说感同身受的话。

大江光的主治医生森安先生在当天的日记里不动声色的只记下一句："年轻的作家经过犹豫和迟疑之后，终于下决心同意儿子动手术。"这是大江健三郎面对初生病儿打击真实的最初反应。大江随后写道："不动手术，光就无法生存……我经常想，仅仅是这个事实，如果存在超越人类的东西，我在它面前就无法抬起头来。但是，犹豫不决后的断然决定甚至使我产生了自己再生的感觉。"

2006年有个"不通世故"的少年站出来批周国平。这个叫子尤的孩子站在病人的角度，站在残缺者的立场上追问健康的社会。

这个社会最流行的主义，是社会达尔文主义。

站在病患家属的角度，大江先生说，"不能不承认，不少福利设施只是作为拒绝残疾人的社会的一种补充形式"。当大江光在母亲与老师的启发下，竟能够作曲、用音乐的方式表达自己内心世界的人性光辉时，难怪小泽征尔也涌出泪珠。因为爱而产生的大江光的音乐，帮助了更多的人从身体与精神的疾病中康复。

这样的智障孩子在我们的社会里似乎很常见吧。曾和一个朋友忆及小学的经历，我们禁不住叫出声来：难道每所小学的教导主任都有一个傻儿子！我记得教导主任带着傻儿每天傍晚绕着操场溜圈的情景，他满是皱纹的脸，在我记忆中从没有出现过笑容，使我人生第一次对抽象的"沧桑"拥有了具象的语感。

从学校回到家，邻居也有一个傻儿子。院子里半大孩子的一项乐趣，就是没缘没故找茬儿打这个智障人，脚踢或者扔石头。当时他比我们高很多，应该已经是个青年了，打得他嚎叫连天。他的母亲有时候会跑出来哭诉，"我的傻儿啊——"，就这么一句拖着长音，没有多余的词。而这个智障青年，当发现比我们更小一点的孩子没有大人照看时，竟会跑过去挥起大手就打。没有人考察过，究竟是谁先打谁的。

看罢《康复的家庭》，竟想起了这个智障青年。老屋早就动迁了，那些当年的邻居们，不知谁还记得他。或许这就是一本关于康复的书的阅读回报吧，清理出恶的积累，作为儿童的我，对于人性之恶初次的震惊、难受与不解。

大江先生说，他的写作是驱除自我内心恶魔的一种方法。用写作来驱魔，瑞典剧作家斯特林堡也这样说过。

面对沉默的儿子光，他是共生状态唯一可能的文字发言人；他的妻子，也就是光的母亲，手绘的插图清新温婉，这本书因此成为一个康复的家庭共同的创作。读来竟不沉重，而是明亮的。

"我年轻的时候并没有想到自己的人生会是这样与光共同生活……用什么样的方式才能评价这种人生遭遇的得失呢？我想，只能认为人生就是如此。能说这是幸运吗？但的确不能说（或者绝不打算这么说）这是厄运。不过，我还是有这样的想法：绝不能单纯地肯定就是前者。因为困难还在继续存在。"

话里不无存在主义的味道，大江曾自述自己是存在主义的信仰者。而沿着这样的路径深入下去，将抵达何处？放弃了哈佛的教职，从1986年起直到1996年去世，在加拿大多伦多的"黎明之家"专门服事弱智人士的荷兰作家、神学家卢云或许是一个可以参考的例子。他的话仿佛是接着大江先生所言而发：

那些边缘群体，老人、小孩、残障者、精神异常者、病人才应该成为我们关注的中心。如果我们的社会是围绕着强者、领袖、竞争中的获胜者而组织起来的，那么这个社会就不可能被爱联结在一起。

人们都是在残缺处彼此拥抱的。

纳妾与自杀的"两头蛇"们

台湾中央研究院院士、清华大学人文社会学院院长、历史所教授黄一农写的《两头蛇——明末清初的第一代天主教徒》,自从2006年8月由上海古籍出版社引进出版后,在大陆一时间好评如潮。

作者由从事天文研究的物理学博士改治天文学史、天主教史、明末清初史等领域,充分利用网络和电子数据库,从明末清初各种文集及地方志中披沙拣金,一点一滴地建立起详细的数据,引用了创纪录的1099种史料文献,不愧为"e时代的考据"。

黄一农回避了徐光启等被称为明末天主教三大柱石的重点人物,因为关于这些人的研究已经很多了,作者有意为国史研究填补空白。因此本书主要还原并分析了17、18世纪明末清初第一代天主教徒中并非广为人知的二线人物如瞿汝夔、王徵、魏学濂、韩霖等人的际遇与心态;这些人既是儒家士大夫,又是天主教徒,都面临两种身份在伦理上的要求之冲突。作者以"两头蛇"为喻,形容夹在中西两大传统之间、徘徊抉择、"首鼠两端"的第一代中国天主教徒。

在朝代更替之时，儒家要求臣子为君尽忠殉国、不仕二姓；而教会却严格禁止自杀。明末之际，除了改朝换代以外，前有农民起义的李自成和张献忠，后有流亡在南方的南明政权，士大夫们不论是在闯王的大顺朝中任职，还是为满清效忠都会遭到谴责，若是以身殉明，则将为教会所不容，实在是两难。

另一种两难，也是本书着墨最精之处，则是在富裕的知识阶层中信教者面临的最大障碍，即纳妾的问题。"不孝有三，无后为大"，如果男子到了四十尚未得子，多半会纳妾，甚至元配在压力下也会主动安排。而此事严重违反教规，有人在皈依之后不久，就因纳妾而离开教会。本书也以此点，被台湾史学同侪推崇为"指出前人所未能提出的第一代中国天主教徒的最大困境"。

作者出入于明清之际"两头蛇族"家庭的悲欢离合与生死抉择，既入乎其内，感同身受，又出乎其外，条分缕析。初初读之，确让笔者为之动容。而且作者理性与感性兼备，既有科学家的精确，又有史学家的情怀，令人印象深刻。

然而读罢掩卷，那个中午竟颇为惆怅。不全为书中所描述的曲折历史：明末文化纷乱、家国巨变，其间第一代中国天主教徒在两种文化之间难免首鼠两端、进进出出，上演了种种灵与肉的挣扎，文化冲突的高潮最终爆发于康熙朝的礼仪之争，并导致原本立场不无亲教思想的康熙帝震怒，禁教令出，直到鸦片战争后神甫与炮舰结伴重来；也不是因为本书与以往接触到的对徐光启等明末清初天主教徒的评价反差甚大,前人常以"中西文化会通第一人"来评价徐光启。纠葛到傍晚,心中也搜不出一语可以形容。

对于昔日利玛窦的文化调适策略,后人颇有不以为然者,我见过一种表述,大意是:基督教(包括天主教与新教)入华不需要与本土的风俗文化调和,神的教训是真理,听不进上帝的话是中国人自己没福气,对上帝可没啥损失。"补儒易佛,修身事天"已不再有吸引力,甚至被认为是错误的路径。陈寅恪在谈及佛教入华时曾说,中华历史昭示,任一外来宗教必与本民族文化融合后始能扎根生存繁衍。但佛教是佛教,与上帝之道怎能类比云云。

如此更偏向神学的思考,当然不必要求黄一农在书中提及。我之所以掩卷而惆怅,直至读了意大利学者柯毅霖的《晚明基督论》才明了个中缘由。最直接的一点收获是,《晚明基督论》也注意到了纳妾问题对于第一代中国信徒的考验,显然比黄书早得多。更具启发的是,柯毅霖作为主内史家,其行文态度让我恍然大悟,意识到"两头蛇"这一比喻所具有的挥之不去的讽刺意味,即便这种讽刺仅仅是语气上的,遂大有梦中被点醒之感。

人不舒服,原来是被暗讽而不自知,呵呵!由此看来,国内有基督信仰背景的读者,对于《两头蛇》一书的关注,似乎过于悄然了。不是为了辩论,只为提供一个普通主内读者的读后感,我想也是必要的回应。

添茶回灯重开卷,有必要略作一番梳理。这一次的阅读,一开始却让我有些离题,想起与天主教、与黄一农并不相干的一个人——鲁迅。

"这是母亲送给我的一件礼物,我只能好好地供养起来。爱情是我所不知道的。"——很早的时候,在某个版本的鲁迅传里,知道了学校课堂上没有讲的故事:鲁迅迁就母亲,接受下一桩包办婚姻,礼物的名字叫朱安。

"做一世的牺牲,是万分可怕的事;但血液究竟干净,声音究竟醒而且真。"鲁迅原本打算牺牲自己的感情生活,然而,在遇见许广平之后,经历了痛苦、矛盾和挣扎,鲁迅这个荷戟的战士终于拥有了属于个人的幸福,而不再以赎罪之心甘愿做旧世界的殉葬品。

这是否说明,鲁迅的血液就不干净了,声音就不醒且不真了呢?我想,鲁迅不必这样要求自己,其他人也不应这样要求他。人就是人,皆有欲望,皆具罪性,何况是在个人无法承担的重负面前,尽管当事人自负地想以一肩担之。初时两人的结合惹起过一些风言风语,但当时的人们还是能够理解尊重的,即使是论敌,也很少以此攻击鲁迅。放在今日,这反倒显得相当难得。

提起这段,实在是因为"两头蛇"的比喻,"两头蛇"似乎是深入奉教人士的内心世界之后画出的肖像,令人陡然升起一腔可怜可叹之感:好端端的读书人,信什么洋教,把自己弄成了怪物!

而这本书怎么可能与鲁迅、朱安扯上联系?且容我慢慢道来。

"史学研究有时还得要追索人的内心世界,并尝试融入更多的人文关怀,甚至也容许撰写者个人情感的适当抒发。"黄一农的自序,充分体现在该书"儒家化的天主教徒:以王徵为例"这一重点章节中。

在晚明一片乌烟瘴气之下,想要修身事天的第一代天主教徒们,最先遭遇的竟然是婚姻制度的考验。天主教要求教徒严守一夫一妻制,断不可"大红灯笼高高挂",几个老婆轮流睡。但纳妾的行为,在富贵人家很普遍。王徵信教后,曾告诫家人,勿为其纳妾,但终因膝下无子而招架不住,另娶申氏。黄一农并未轻易放过此节,他写道:"讽刺的是,令王徵深受感动且每日置于床头把读的《七克》,却有大量篇幅批判纳妾制度以及'为孝而多娶'的行为。"(注:《七克》是传教士刊印的关于如何克服骄傲、嫉妒、好色等罪的书。)

不久,王徵因为信仰渐深,决定出妾,但当家的妻子尚氏竭力挽留,申氏也誓死不肯改嫁,"不得已,悠悠忽忽"。六年后,王徵痛下悔改之心,视申氏"一如宾友,自矢断色,以断此邪淫之罪",将其"异处"而非休弃(也就是今天的分居,而不是离婚),结束了夫妻关系。

之后,清兵入关,国破家亡,王徵绝食尽节,违背了天主教不得自杀之律。妾申氏欲殉夫,被尚氏夫人劝留,替王家料理丧葬,在尚氏离世后苦苦支撑一大家子人的生计。历尽艰苦将孙儿抚育成人后,申氏在七十大寿时仿效王徵,绝食而死!这真不可不谓悲剧一桩!

黄一农在此做出了"个人情感的抒发",他认为,"王徵为了自身的罪赎,牺牲了申氏的幸福"(包括让申氏"缺乏正常的婚姻生活"),而称明末反教人士对出妾行为的抨击,是"从人道的立场"表达的批判。纳妾是否人道,或许因为这一问题在今天看来属于基本常识,书中未置一语,但却把出妾看作不顾女性死活的不人道行为。因信仰而努力克服肉欲,则被视为一种自私的行为。

其实,在当时的社会环境下,王徵之所以与申氏分居而非直接休掉,正是在终结陋习的同时尽可能考虑到要照顾女性的生计,负担女方的生活。不知为何,黄一农未将这一做法视为更人道,却将满腹激愤与同情,尽付申氏,进而在书中构思出一部电影脚本《天主与妾》。

回到关于鲁迅的联想,鲁迅将原配朱安"异处"而非休弃,也是考虑到当时乡下的习俗,朱安回到娘家后的处境会变得不堪设想。许广平与鲁迅交往之初,亦曾在登门拜访时,故作玩笑试探性地将鲁迅推入朱安的房中,因鲁迅大怒而心有把握。可见,按照黄一农的标准,鲁迅无疑也犯下了让朱安"缺乏正常的婚姻生活"的自私之过。

由此,仿效《天主与妾》,或可写一出《新文化运动与朱安》。这一视角显然是女权的,同时是左翼的,因为如果仅是女权主义的视角,也可选许广平为主角,与许广平相比,选择朱安显然更同情劳苦大众。

在《随感录》中,鲁迅曾自述:"在女性一方面,本来也没有罪,现在是做了旧习惯的牺牲。我们既然自觉着人类的道德,良心上不肯犯他们少的老的罪,又不能责备异性,也只好陪着做一世牺牲,完结了四千年的旧账。"不知两百多年前的王徵,内心挣扎之际是否曾泛起点滴同感。

而黄一农坚定地为王徵盖棺定论:"王徵很无奈地失落在中国传统和天主教文化之间,黯然承受作为一个'两头蛇族'在会通天、儒的尝试中所产生的尴尬。""两头蛇"一词暗含的讽喻意味,至此毫无遮掩。

奈何这种中西文化交会中的"两头蛇族",三百年来只多不少。想不做"两头蛇"的,又落进了"中体西用"的套子。倒是当代,因为传统文化被折损殆尽,反倒催生了什么都不信的三聚氰胺猛人,从这一角度讲,几种主义的中国实践,恰好为福音的兴起清了场。

新文化的落地、新道德的建立,从来就不是轻松的。中国传统文化能否在不"会通"、不"尴尬"的过程里,自行发展出男女平权的思想与人道主义,很遗憾,今天的人们已无从证实。以梵二会议为标志,作为当年中华礼仪之争主角的罗马教廷,对基督信仰与本地文化的态度,乃至对多元文化的态度,亦发生了相当大的改变。措身三百年未有之大变局,朱安与鲁迅,各有痛苦;王徵与申氏,各怀幽情。人难免因个人好恶,同情其一而讽刺其二。好在,人不纪念的,自有纪念者。

对王徵"尴尬"的另一节:绝食尽节,违背了十诫中不得自杀的诫命,我不想多说。无信仰经验的史家在治宗教史时,最大的陷阱在于他们自以为可以通过科学手段、考据研究还原乃至理解他们所研究的人物。我相信，这些学者在某种程度上可以罗列、分析律法，并以此为据逐条框定信徒，模拟审判的情景。然而信徒为何可以藏身于基督之中，实因基督里固然有律法，但更有恩典，实因信徒亲身经历了：神不是旁的，神是爱。所谓的"e时代考据"对于研究恩典，难说能有所帮助。

在此，我不想允许自己已经触碰到限度的头脑过久地停留在难以把握的边界上，我只想引用朋霍费尔在《伦理学》中谈及自杀的一段话——"不是生的权利，而是允许在上帝的赦免下继续活下去的恩典，能够抵制这种自杀的诱惑。可有谁敢说，上帝的恩典就不能包含并容忍人在抵御这种最冷酷无情的诱惑时的失败呢？"

神的爱究竟有多大呢，可以被形容为长阔高深？

贫民窟里的一根芦苇

美国《时代》周刊 2007 年曾刊发《特蕾莎修女的信仰危机》，引用首次披露的特蕾莎修女写给友人的信，这批信件被兰登书屋以《特蕾莎修女：为我带来光明》为题出版，呈现了特蕾莎修女的内心在信仰上多年经历的精神苦炼，正如她接受诺贝尔和平奖时的讲演所说，"爱是实实在在的，是痛苦的"。

很多人以为上帝一定格外垂青她，给她召唤，用她做工，但这些信让人们看到信仰绝非易举，而是时常可能要面对怀疑与空虚——"这么多年，我已经尝试去爱上黑暗，因为我相信，这只是耶稣所处黑暗和痛苦世界里一个很小的部分。……我将继续我一个人的'黑暗'。现在我将缺席天堂，以去点亮现实中的黑暗。"——为"神就是爱"做出例证。

特蕾莎嬷嬷被称为"贫民窟里的圣人"。而以马内利修女说："没有人是受召去模仿其他人的——尤其不是要去做另一位"圣方济各"或"特蕾莎修女！"因为，"每个人都必须根据自己的志向来实现他个人的解放。唯有从他身上激发出属于他自己的特质，他才能达到人的精神高度"。

以马内利是谁?在法国权威民调机构的调查中,最受法国人喜爱的女性不是苏菲·玛索,也不是朱莉叶特·比诺什,而是她!她就此写道:"在生命的最后几年当中,我遇到一件可怕的事,我成了媒体的焦点。……我现在一只脚已经踏进了棺材,再加上过去无数次的挫败经验,我深知这一切不过是虚荣,是徒劳而空虚的……当我来到正义之神的面前时,他绝对不会问我在民意调查中排第几名!"

出生于1908年的她,被称为"穷人的守护天使",今年正值百岁高龄。1971年,63岁的她离开任教的大学,以开罗的贫民窟为家,和穷人们同吃同住在旧桶罐搭建、没水没电的棚屋里,专心协助他们,直到85岁被上级强迫"退休"返回法国的养老院。她负责的"以马内利修女之友协会",正在20多个国家开展救助与建设工作。

"以马内利"本意是"神与我们同在"。青年时的以马内利为解决心中的疑问,广泛研读各家宗教,"我多么了解那些抱持怀疑态度、拒绝相信、徒劳寻找的人啊!他们就像我自己的一部分",这段经历帮助她"成为更具普世精神的修女"。虽信仰天主教,但以马内利嬷嬷同样推崇伊斯兰教、佛教、犹太教等所强调的人性及互爱精神。在她眼中,宗教"全然在人性中,在日常生活中,在具体的团结互助中获得实践。反之,宗教将仅是一种幻觉而已"。

与特蕾莎同样走进穷人的以马内利,性格却刚烈活泼,不失幽默。80岁时还忘情地和贫民窟的孩子们一起跳进海里游泳;在飞机上遇见一群到东南亚嫖妓的欧洲观光客,"当时我能找到一颗炸弹的话,我绝对会像从事自杀攻击的恐怖分子一样,炸掉这架飞机!"当埃及政府的承诺没有兑现,她急匆匆跑到瑞士募款,公开放话说若筹不到足够费用让开罗贫民窟的诊所如期完工,她就带头去抢银行。

她直接找到法国国防部长头上,让其停止军火外销(法国是世界第三大军火销售国),部长答道:"无论如何,就算法国停止武器生产,其他国家也会立刻加入发展这项工业……如果我把军火工厂关了,马上就有十多万人失业,国库也会减少一大笔收入……","这么说来,我们就可以心安理得地继续看着人死掉,甚至是无辜的小孩?"

政治家的用词甚至语气都是相似的,善良的人们似乎对于造成贫困的复杂因素天真懵懂。事实上,以马内利嬷嬷很清楚,"根源在政治层面,牵涉到国家内部以及国际间的社会和经济制度","甘地穷尽一生为拯救印度本土的织布业免受英国进口布料的威胁而奋斗,更令人惊讶的是,这些英国布料其实都是用印度生产的棉花所制成"。为此,她勇于批评并勇于介入。人们忠告她,"修女啊,做善事就好,别搞政治"!她的回答是,"我并非在搞一般概念里的政治,我试图唤起人们的意识和良知"。

伟大的心灵也是相似的,同样谦卑,同样洞察人性。以马内利嬷嬷并不因为人性之恶而变得对人对己苛严无趣,"想要消除我生命里坏的一面,等于是要毁灭我自己。接受我生命里的根本矛盾,就是将阻碍我轻盈雍容前进的苦涩给化解掉,就是带着幽默感看我自己"。

以马内利嬷嬷不断提醒自己,"正由于我们认为是在做好事……更容易毫无限度地任凭我们的强势直觉和意愿愈演愈烈……自以为是'超人'……落入天使主义的梦幻之中"。在数十年的经验中她体悟到,"穷人最需要的,并不是为他设想,而是和他一起设想,尝试去了解他"。由此可以反思出,政府扶贫效果不佳的一个重要原因:穷人需要的是朋友式的尊重,而不是党啊亲爱的妈妈的关怀,这也是值得越来越活跃的中国NGO分子们吸取的忠告。

天使主义,是她阅读帕斯卡尔《思想录》的收获,这本"如果整个法国文学只能让我选择一部书留下,我还是会毫不犹豫地选择留下《思想录》"的书中写道,"人既不是天使,也不是禽兽,但不幸的是,想成为天使的人往往变成了禽兽"。

帕斯卡尔认为,人不可能通过理性证明上帝的存在,但可以通过理性选择上帝的存在。作为计算机的发明人、大气压力的证明者、概率论的奠基人,帕斯卡尔提出了著名的赌博论证:上帝要么存在,要么不,人不能不做选择,人必须下赌注。赌上帝存在时,如果上帝真的存在,信奉上帝的人会获全胜,有无限的收益,获得幸福;如上帝不存在,也没什么损失。

信仰真的是理智在进行的与财务报表分析类似的算计吗？哈哈，我倒品出一点冷幽默的味道。以马内利修女的阅读心得是："这个赌注是一个合乎理性的赌注，但却不是理智的结果。……信心超乎理智之上。"细思之，奥妙尽在其中。帕思卡尔说过，"最符合理智的，莫过于对理智的否认"。这完全解释了，为什么即使我们看到信仰的种种益处，却依然做不到去信。

"只有当我们把生命的重犁挂在一颗星星上时，犁才会飞上天，同时把我们从虚无中拉出来。"多美的一句话啊，就像林语堂在《信仰之路》里感慨的那样，只有法国人才说得出来的话。林语堂也格外推崇帕斯卡尔，经常把帕斯卡尔与庄子并讲互证。

庄子对理性局限的认识是这样表述的："吾生也有涯，而知也无涯，以有涯随无涯，殆已！"帕斯卡尔对此同样敏感："人是不成比例的……他既看不到他从中而出的那个虚无，也看不到他深陷其中那个无限……人处在不明白事物的原则也不明白事物的归宿的永恒绝望之中"，连说话风格都有着天才般的相似。修女惊讶帕斯卡尔在三百年前就感受到宇宙之大与原子之小，如果她能遇上林语堂，林先生一定会告诉她，千年之前庄子用"至大无外，至小无内"表达过相同的感受。

面对虚无，庄子选择了"茫然彷徨乎尘垢之外，逍遥乎无为之业"，以强大的智力体认人与自然的同一，只有主体无比强大才有可能"天地与我并生，万物与我为一"（这其中正有道儒相通之门，即，他们都需要一个圣人）。这一过程培养了对自然的审美，也吸入了自然世界的无情,所谓"太上忘情"。这是林语堂所未提及的庄子与帕斯卡尔或者说道家与天主教的不同了。

而对于死亡的态度,在妻子的葬礼上鼓盆而歌的庄子多么潇洒。以前我一直好奇这是真的吗,人真的可以做到吗,我能否做到呢?呵呵,现在答案揭晓了,当果子离去后,我终于拥有一次机会可以笃定地回答这个问题:我做不到。我倾向于认为,那是庄子前辈的一件行为艺术作品。

15岁的玛德莲坐在自家窗前,秋夜风来,少女读到"人不过是一根芦苇,是自然界最柔弱的东西。但他是一根能思维的芦苇",从此开始认识人性的尊严与局限。81年之后,少女已成嬷嬷,2004年,法国弗拉马里翁出版社出版了她的《活着,为了什么?》,这是她多年来与帕斯卡尔心灵对话的记录。

当然,嬷嬷无暇顾及中国读者的接受心理,有朋友仅仅因为书名叫《活着,为了什么?》,"我可不想被人教育怎样生活",就断然拒绝。而真正的好书,其定义就是,用相似的思考奉承你的心智,以不同的部分满足你的好奇或使你提升。

正如我们在特蕾莎修女的传记中看到的不是说教,而是见证,让我们看看这位百岁的老嬷嬷,是如何生活以及如何看待生活的吧,并思考这根芦苇,对当下中国之你我的意义。

宋朝不远,理想不近

历史读得入了味儿,那历史便宛如真的活了。当然不是《木乃伊》里的起骸骨于泉下的冥界奇兵,而是历史事件与人物得以进入你的想象域。人不会联想到一种他从没见过的东西,于是今世周遭与前尘往事建立联系,尽管有时只是一种不尽恰当的比附。

如果说蜘蛛竟然会织网、洄游的鲑鱼从来也不会迷路,这些自然的奇迹很难被当作进化的偶然而坦然接受,那么一个人在什么时候读到某本书,就完全是偶然的吗?回想你决定掏出钱夹买下一本书的时候,当你买下很久之后终于在一天傍晚从架上抽出、翻动,并最终摊开在台灯下面,它是如何曲折、经过了多少铺垫,才来到你的面前呀!自然界充满进化的奇迹,而阅读作为大脑后天发育的主要途径之一,其路径实有纸面无法穷尽的隐秘意味。

至今还记得终于读完余英时的《朱熹的历史世界》时的感受。那是一个我颇觉困难的时期,被工作与生活中的许多事、许多人影响着、捆绑着而不自知。

千百年来,人性并无多大变化,朱熹曾经面对的那个世界,正是我不得不面对的这个世界。在中国历史上旷世温柔的宋朝皇帝面前（赵宋一朝有不杀大臣的家训），受限的皇权却格外凸显出士大夫的倾轧之酷。读书人当权，无论是经学家、理学家，还是普通的士大夫官僚，得君行道的另一面都免不了党同伐异、甚至赶尽杀绝。在政治层面上，"宽容"两字几乎不存在；倒是皇上，每每出来说话，让失势者刀口余生。

儒学一脉，思想上在佛老刺激下，政治上在现实条件的鼓励下（士成为赵宋一朝唯一可以依赖的政治力量，故皇帝尝有"与士大夫共治天下"之语），迅速完成由经学到理学的发展，文化上达到了中华历史上的最高点，前无古人，后无来者。士以天下为己任的意识，在北宋已成为"主流话语"，凸显出吾儒风标。

然而风气流布所及，亦有"率为伪学"的轻狂躁态。而失势于当朝的理学中人，在讲学著书写史中施行了文化人的报复，用如云渐浓渐密的道德话语，遮蔽原本复杂的政争和政治旋涡中多样化的个人选择，倒不见得是刻意为之，但正可见当时党争划界、非黑即白的道德化思维习惯。余英时在还原历史的求实过程中，以政治史的视角清理出诸多以往不被注意的细节。政治很难是圣洁的，余英时的视角显然是把朱熹浸染其中谈论，然而，在许多儒教中人眼中，朱熹已经不是朱熹，而是不容置疑的"朱子"，于是，《朱熹的历史世界》被批评为"颠覆了朱熹的价值世界"。

无任何超越性理想追求、唯个人利益是瞻的官僚集团，行事不堪自不待言；胸怀远大理想的理学大儒们，为什么也会干出那些不便写进道德文章里的事？陷阱全在宋儒念兹在兹的"得君行道"，其一在"得君"，其二在"行道"。转换成今日语境，即有所追求的"文化人"如何在现实的权力结构中获得资源支持，做成自己心目中的事业。权不在我，故必要先"得君"，引君权为吾党；胸中有道，故其目的在"行道"，为万世开太平。而恰因自觉肩负大道，舍我其谁，不与我相合的，便是敌我的，视所有反对意见为掣肘，务必除之。于是一朝失势，难逃擅君权而结党营私之罪。

在权力来源单一化的结构并无显著改变的今日，历史进入当下何其便利。而即便在真正多元主体的文明社会，人们同样会遭遇个人与日益庞大的组织的矛盾，组织的文化永远逃不脱政治性。这样看来，从某种程度上讲，当日宋儒面前的陷阱其实是人类步入社会化生存以来所必须面对、无从逃避的基本母题之一：人性本来复杂，带有"原罪"的人，怎样避免在践行理想、道临天下的时候不被自身存在的人性之恶所牵引、腐蚀、胁迫，以致背离初衷？此即入世之惑——汝将持何法以入浊世？

少年时，我们可以只做那个麦田里的守望者；青年时，我们可以选一个气候适宜的季节和凯鲁亚克一起做孤凉峰上的护林人，如今我不得不自问，以一种随时可以离开的浮游生物的姿态生活，我们究竟可以获得更多还是更少？鹰击长空，鱼翔浅底，万类霜天不自由。谁这时没有房屋，就不必建筑；谁这时孤独，就永远孤独。

纯洁者的进入之旅，往往如裸心于砂纸间滑行，人所习以为常,亦可掀他一池波浪,惨烈之声暗夜时时令人侧目。释尊慈悲,当遣诸佛护法,彼岸接引;上帝垂爱,乃降人子道成肉身,在十字架上分担现世的苦弱。

千年以降,理想与权力的较量,在中国既没有被现代政治所技术化,又因为缺乏彼岸之维的校正与制衡,反而竞相争夺道德的外衣,僭越神圣的位格,一朝得道,鸡犬升天。事功者若想收效,除非在不同程度上把自己变成反对者的模样,师夷长技以制夷,最后终于华夷不辨,同流合污。道高一尺,魔高一丈,与敌相激相荡的过程中厚了心茧、钝了眼神,再也认不出,对镜贴花时已成一副情敌模样。

成熟、强大,而不堕落的唯一可能,是心灵终得护持,"要紧的就是做新造的人",胜了这世界,方能以无厚入有间,而不是避字诀的"我闪"或戏字诀的"我玩"。找不到终极武器,行走江湖的潇洒背后,只能是辛酸两眼泪或污秽一腔子。

收拾铅华归少作,摒除丝竹入中年。朱熹云读书之法——"宁详毋略,宁下毋高,宁拙毋巧,宁近毋远",今吾视之,不仅足以自处,实与待人之道相通。事成与不成但做无妨,其要唯在成人。

梁漱溟的背书

转眼间，《这个世界会好吗》已经成了旧书，还记得刚出版时各家媒体跟得蛮紧，把书评论得让人根本不想去读了。常常，只有在谈论一本老书的时候，才有从容不迫的享受感，好像对着朋友边泡茶边闲扯几句，语颇散漫，却无应酬。

作为访谈录，这书其实并不像封面老人的表情那样严肃，它很活泼，比梁漱溟老先生的那些个代表作好读得多。梁对一干风云人物的点评：晏阳初缺乏哲学头脑、看得浅；胡适很聪明，但头脑也是粗浅的；老蒋自私、不守信，坏得很，所以败走台湾，最大的贡献就是造成了共产党的成功；康有为写文章造假、贪便宜，借别人的名画欣赏完了却不还；段祺瑞人很正；冯友兰好像是儒家，其实有点随风转舵、玩世不恭，还把诗词送给江青；最伟大的中国人是毛泽东。

如果当事人都还健在，上述任选一段话，都可以爆炒成年度热门话题；即便是当作名人八卦放在博客上，也能赚个几万点击。

梁自觉对孔子懂得比朱熹还多一些，归身于陆王门下，对王阳明极其推崇，但不知为何对陆象山却未置一语。阳明引佛，多做批驳，因为年轻时曾淫浸其中，出佛入儒，所以才要格外点出可批处。而梁漱溟一直沉浸佛学之中，自言受益甚多，认为熊十力批佛是在"胡闹"。

"就阳明的生命来说，他已经不是普通人了……我现在还是一个普通人。我可能比其他普通人不同的一点，就是我好像望见了，远远地看到了王阳明，看到了孔子。我是远远地望到，并且还不能很清楚地看见，好像天有雾，在雾中远远地看见了孔子是怎么回事，王阳明是怎么回事。""我实际的生活，是希望跟王阳明走"，就梁对自己一生成绩的总结，一是对中国文化的思考成果，一是对近几十年政治的影响，也的确是王阳明的路子——既著书立说，又事功封侯。

谈到政治，梁漱溟给出了两个预言：一、苏联出现共产党、共产主义是一个变态，因为它没有经过资本主义阶段，这种变态往下走，"会要起变化，也许它要维持不住了，如果有机会来的时候"；二、"恐怕台湾会要归回中国的，可是中国绝不会伸手改造，恐怕会尽量尊重台湾民情"。梁是在1980年说这番话的，苏联解体已经应验了，而邓小平1981年8月提出"一国两制"。

梁漱溟自认是个"乐天派"，1980年的现实的确让他看到些许希望："华主席啊，邓小平啊，都从国务院退出去，退到党内的政治局，国务院的事情给个新人来担任总理，赵紫阳……他们党内大家很合作，很实事求是，没有争权夺利，这都是很好"。"现在不是有两个口号,一个叫民主,一个叫法制……在工厂里头车间主任可以公推民选……农民方面也在往这个方向走了。这个民主就不是完全空话了,不完全是个口号了"。

梁深感佩服的还有如下人选:章士钊、章太炎、梁启超、马一浮、林宰平、伍庸伯。梁的背书想必可信,毕竟,这些推崇的话不是被书商拉去做新书推介用的。

然而以上桥段,机智也好,睿智也好,大抵不是什么新的兴趣点。我觉得格外有意思的倒是很不经意的这一段,本是想出家做和尚的梁,被蔡元培拉进了北大,和知识分子在一起之后,好胜心起来了,"这个好胜的心是从身体来的……就容易有两性的问题……身体问题来了,这个时候也就想结婚了"。呵呵。

观点并不如何的深奥,却非常坦率,不别开只眼是看不到这一层的:知识上、智力上的好胜心来自肉体的情欲。中国的知识人,彼此好胜倾轧不可谓少,以卫道士自居的假道学也就甚多。既然同在欲中,两性的欲是完全排他的,知识让人骄傲,所以自信满满、骄傲地证明自己正确的同时,屡屡踩低旁人也就并不令人意外了。由此深思,历史中泥沙俱下的污浊岂不透亮许多?梁认为,"深深地进入了解自己,而对自己有办法,才得避免和超出了不智与下等。"至于办法,他相信只有依靠孟子的"人性善",因为除了人之外,还有什么可信?

圣保罗说,"我是功克己身,叫身服我",又说,"在我里头,就是我肉体之中,没有良善;因为立志为善由得我,只是行出来由不得我。故此，我所愿意的善，我反不做；我所不愿意的恶，我倒去做。……我愿意为善的时候，便有恶与我同在。"对人性认识的深刻与警醒，令人动容。靠着信仰，才能脱离分裂和撕扯的状态，而绝不是信靠人自身的东西。

梁毕竟有见识。他承认，他原本对罗素的三分法不理解，认为分析人用二分法足以——一个理智、一个本能，"我对他这个灵性不太懂"，后来才体会到"宗教单用理智来说，说不了，用本能也说不了，宗教道德高于这个东西，那个东西就是灵性"。

中西的差异，就此深入下去，或许能得到有价值的交流，梁在门口一晃悠，却转而同意怪才辜鸿铭的观点："你们外国人……以前离不开教会，宗教教训你们，管束你们，后来呢……国家的军队镇压、统治。中国不是这样，中国就是他自己喜欢和平、安静的老百姓。"

其实今天，多数中国人的自我想象和外向视角，都还没跳出这个圈圈。辜鸿铭用"一个茶壶可以配四个茶杯"论证一夫多妻颇可解颐，拿这个套路作中西文化的比较，戏言终究难有真收获。

后青春的庄子

年轻时看庄子,被瑰丽绝妙的文采所挟,越发向往自适的生活,好像经历了种种外界强迫与自我强迫而急需一次人生的休假。其实,那会儿不过是刚刚结束了高考,青年心中的许多情绪,只是在对那种情绪做出一分敏感、一分夸张、一分模仿的学习。

之后,惊觉自己是如此的不求上进,于是得出结论,都是被庄子害的,他的书看得太早了。陈鼓应说好也就罢了,他多大年纪呀,自己真不该在人还没有进入社会的时候就读什么庄子。尤其是,看了傅雷译的《巨人三传》之后,更是疑惑中国人总是还没拼搏就已经厌倦,还没入世就已经看透。虽然预见到了一个欠光明的前途,然而最后却仍然提不起勇敢混世界的那口气,更加把无奈与自我纵容的心理附加在庄子上,仿佛庄子真的要对后进青年负责。

工作的半途也重读过。那时我的女友躺在病房里,我站在青色的手术室大门外的时候、等化验单、排队交费的时候,唯一看得进的就只一本口袋本的《庄子》。"北溟有鱼,其名为鲲。鲲之大,不知其几千里也……",或许当时的我在潜意识里与鲲一同"化而为鸟,其名为鹏……怒而飞,其翼若垂天之云",俯瞰着叫作广州的地方东川路旁的一间白色病房吧。从病房出来,我向东一转,赶往旁边的饭店,参加单位的春节团拜聚餐。

更多的感受,谈不上,只是悟出以往错怪了庄子:原来青春期的激愤心情,既被庄子催发,又被庄子安抚。推翻道德、否弃文化、抨击偶像,不正合了青春的叛逆吗?庄子和摇滚乐因此是可以发挥同等功效的,对于青春。这也算是庄子作为中国艺术精神、审美精神之源的又一个证明。

不是读了庄子,我们变得愤世嫉俗,不愿意适应社会,而恰恰是因为有了这个样子的现实与青春,我们才会觉得庄子可心可意,可以陪我们一同狂歌纵酒。我冤枉他老人家了,呵呵,他不是教唆,而是抚慰。

要不走样的解读庄子是一件很累的事情,毕竟,人们总是希求读后感多少能与原著相配。在专业化分工的趋势下,也不好抢了学者的饭碗。在最肤浅的程度上,庄子的气质与愤青有所相似。也有以为庄子是反智主义的,这也是在肤浅的程度上的相似,当代的反智也好,愤青也好,是真的欠缺智力成分,而庄子则是弃智,是另起炉灶玩一场最高级的智力游戏,只邀请 Superman(至人、神人、圣人),反智的人压根进不了场。

还有认为庄子是犬儒主义的,这个说起来更啰唆了,但有个简单的法子,只要感受一下书中扑面而来的那股气势,你就知道,一个犬儒主义者走江湖怎么可能带着这种气场呢？犬儒主义可以出学者、出官僚，但出不了诗人。我从未见过才气磅礴、飞扬恣肆的犬儒主义者。这只是书蠹在用西方哲学教材里的概念定义去框庄子。

直到几日前临睡，忽然想念，遂又从架上抽出，一个猛子扎进去，泡了个把星期。这一番，才看出点新意思。"不知乎？人谓我朱愚。知乎？反愁我躯。不仁则害人，仁则反愁我身；不义则伤彼，义则反愁我己。我安逃此而可？"

翻译过来就是：知道的少呢，人家说我愚昧；知道的多呢，反而危害自身。不仁义会伤害他人，太仁义了自己又吃亏。做坏人对不起别人，做好人对不起自己。两难啊，怎么办？乱世之中如何在精神与肉体上自我保全，成了道家念兹在兹的心病。

庄子设问，是为了见招拆招开出药方："儿子动不知所为，行不知所之，身若槁木之枝而心若死灰。若是者，祸亦不至，福亦不来。祸福无有，恶有人灾也！"换成白话，就是劝人：像个婴儿一样活着吧，婴儿一举一动都是无意识的，身体像枯木而心灵像死灰，福祸就都不会来，更不要说人灾啦！

这身若槁木，心若死灰，可真不是一般人能修为出来的。非真有一颗纯纯之心、遍体沁血之痛而不能作如此一问和如此之答。而这样的药方，对如你如我一般的寻常人意味着什么？

复归于婴儿，是老子也曾给出的路径，被庄子以更加"文艺青年"的方式运用。好在，不止有这一种答案。另外的出路说来更简单直白，就是大可迎着无常的祸福走向前去，毫不怀疑仁、爱的意义，向着标杆直跑，如果撞墙了就硬长出翅膀飞起来，直扑真善美爱的源头，以超越的心态看待此世的种种不堪，"问渠哪得清如许，为有源头活水来"。

用深悟此法的保罗的话说，就是将源头视为至宝，而"将万事当作有损的"，"靠着那加给我力量的，凡事都能做"。这一很多人看起来的笨法子滋养了无数人，造就了无数人。诺贝尔和平奖获得者特蕾莎修女是这样说的：

"诚实与坦率使你受到攻击，不管怎样，总是要诚实与坦率。你耗费数年所建设的可能毁于一旦，不管怎样，总是要建设。……将你所拥有最好的东西献给世界，你可能会被踢掉牙齿，不管怎样，总是要将你所拥有最好的东西献给世界。"

当然，如果一个人处于愤青、反智或犬儒的状态，这条路也并非他所愿意尝试的。但，就像出家当过禅宗和尚的老牌摇滚诗人伦纳德·科恩，在那首《慈悲的修女》(*Sisters of Mercy*)中唱的："她们一直等待着我，当我感到无法继续，她们安慰了我，然后带给我这首歌……我希望你奔向她们，因为你已流浪得太久。"

当克尔凯郭尔遇见王阳明

时间,明朝。地点,书斋。人物,王阳明、陆澄。剧本,《传习录》。

学生陆澄举手提问:"老师,我现在还没有完全搞清楚天理和私欲,怎么能做到克制私欲呢?"

王阳明回答,小子别给我耍滑头,要是你真正下决心用功,对天理和私欲的认识自然会一天比一天深刻。如果不肯用心,每天只是动动嘴皮子,到老你也弄不明白。"如人走路一般,走得一段方认得一段,走到歧路时,有疑便问,问了又走,方渐能到得欲到之处。"

人皆有良知,都知道啥是正道,谁也不傻,但就是不肯照着去做。认识到的天理却不去遵循,低头一看,是自己一腔子的欲望,也不愿稍稍收敛。一说起来,就只顾着发愁没有把各种知识啊道理啊都弄明白,很无奈的样子,其实这些都是扯淡,光说不练啥用也不顶!等到你把克制私欲的功夫练到家了,回过头来再发愁没有把所有的事情都搞懂也不迟啊。

如果非等到把自己学成百科全书,才肯下工夫克制欲望修养性情,恐怕你这辈子也无法认清自己了。临了回想,除了那些欲望之外,什么才是你自己呀,把自己活成了一个知识八卦的收藏爱好者,一个可怜的无心人。

时间,1840年的某天。地点,丹麦。人物,克尔凯郭尔、匿名的"他们"。剧本,《基督徒的激情》。

很多人喜欢用做学问的态度来读《圣经》,案头要放着词典、历史纪年,甚至最新的考古进展报告。他们经常感慨甚至抱怨,"圣经中有这么多不明之处,整本书简直就像是个谜"。

克尔凯郭尔的回答是,当你读《圣经》的时候,赋予你责任的不是你搞不懂的不明之处,而是你所理解的地方。如果《圣经》里只有一处是你所理解的,那就先按照这一处去做。比如,去爱你的邻居,去宽恕你的仇敌,去把你的财产与穷人分享,这些不是都很容易理解吗?关键是要行动,而不是先坐下来,企图把一切都了然于胸。"上帝说出的言词,是为了让你照此行动,而不是为了让你练习思考不明之处"。

《圣经》就像一面镜子。大部分人把它看作人们弃之不顾的过时文字,小部分人把它看作古人千辛万苦用深邃智慧写出的奇特文字,他们都是在观察镜子,照镜子时,我们应该在镜中细心察看自己。如果你博学多才,就记住这一点:你不换个样子阅读上帝的言词,就终身只是在练习拼读,而无法获得任何领会。

打开《圣经》,仿佛上帝本身在问:你照你读的做了吗?然后,要么你赶快行动,要么谦卑地坦白。明白地承认自己不愿意受上帝的言辞摆布,这是合乎人性的;明白地承认自己做得很不够,希望上帝更有耐心一点,不要一下子就那么严格地要求自己,这也是合乎人性的。但现在的情况却是,人们费尽心思在圣经与自己之间设置一层层的知识与解释,以严肃认真、热爱真理的名义,结果人们完全忘记了《圣经》里的教训,更不用说去实行。这就是现代人的虚伪与狡猾。

——王阳明与克尔凯郭尔的差异无疑是巨大的,那更适合用另外的话题开启。在不经意间,双方的某种戚戚相通之处,在上述两幕场景中相遇了。

儒以一物不知为耻,而源自希腊的理性精神经过近代人本主义的发扬,更有了为人类赢得尊严、傲然睥睨万物的功效。人对自身的崇拜,至此无可复加;理性或智力,成为人们在心底唯一膜拜的偶像。科学地看待一切事物,成为人从自我出发、最终回到自我的另一种说法,因为科学与否,全由人的理解和知识判断。他们同样看到了人以理性之名、以知识之名,百般逃避对欲望的节制和对真理的无条件追随。人的自信与自负中,包含着最大的自爱,这种自爱是那么完整,既爱着我们身体里的求知欲,同样爱着(如果不是更爱的话)肉欲、权欲、财欲。也因为自爱,所以我们桌面谈着知识理性,桌面下一双双腿痴缠在一处。

尽管王阳明也曾谈及戒惧之心,要弟子修身立命应时时怀有戒惧之念,"若戒惧之心稍有不存,不是昏聩,便已流入恶念"。

这份对人性中恶的警惕，或可归入张灏先生所说的儒学的"幽暗意识"，可与西方文化中"罪"的概念对话。但学生们终不免堕入狂妄的偏执或论理说禅的口舌机锋，晚明社会的道德状况无可避免地陷入了如水泼地、无可收拾的地步，非一二子但凭人力所能力挽。

正如我们的历史书中无论归纳出多少株宋明时期的资本主义萌芽，现实却是我们今日不得不接受的这一个初级阶段的当代史。这才有徐光启失望之极，转信西来之耶教，修身事天之举，为上海滩留下了一处叫作"徐家汇"的地方。

中国文化样本的丰富性似乎怎样估计都不为过。时光荏苒，直到2006年美国哈佛研究所对公众开放蒋介石日记，人们才确信，蒋介石是一位非常虔诚的基督徒，并非之前传言的"为了与宋氏家族联姻而装装样子"。蒋前后总共通读圣经三遍，书间的眉批还记录下许多阅读时的疑问和思考。抗日战争中在最失败最困顿的时候，他都没有丧失信心；1944年下半年，战事日益吃紧的关头，他甚至想到自杀，但仍然经常祷告，求主帮助他……得意时，他提醒自己不要得意忘形。

末了一句，很容易让人联想到儒家的修身功夫。这并不意外，日记披露之前，人们只知道蒋介石最为推崇王阳明，到了台湾，还把住所旁的草山改名为"阳明山"。

人在琼楼第几层

上学时读古书，不仅不求甚解，还常在书页间做歪批。当时，《论语·为政》篇的"子曰：'君子不器。'"，就被当作笑话——器，就是物体、东西；君子不器，直译成白话文，就是"君子不是东西"！这可以和"Good good study,day day up"的翻译媲美了。

前日，又翻到这句，心头却骤然升起一股亲切之感。孔老先生好像在《论语》里安慰我这个没有职业规划、总是在走着瞧的后生：小子啊，你知道什么是君子吗？君子不像普通的器皿，一辈子只能按说明书上被规定的一种用途，像个电饭煲一样活着，还自以为有理想。

只要有人群的地方，人就自然会分出层次。"君子"在孔老先生眼里，无疑是人中上品。因此"器"虽然精致好用，孔子却认为，对君子来说，那还不够级。细读学生和老师的轮番对答，就忍不住猜想，自己要是有幸位列三千门徒，究竟属于哪个层次的选手？

子贡说，颜回"闻一知十"，自己仅能"闻一知二"。而子贡的"闻一知二"究竟是个什么水平？按照《论语》的记载，他可以在老师讲到做人道理的时候，直接引用诗经的句子"如切如磋，如琢如磨"作为回应，以比喻式的活学活用领会老师的意图。孔子就夸他，"告诸往而知来"。可见，触类旁通的机敏与灵活，子贡不缺；而能够总结过去预判未来，显然是历史学家最理想的入世之道。孔子还夸过他，语言才能突出。

这个子贡也不浪费任何与老师相处、借鉴老师眼力的机会，他曾经直接问孔子，"你看我是个什么样的人？"老师的鉴定结果是："你就好比一件器物，就像庙堂上的瑚琏。"这个瑚琏，是一种蛮尊贵的摆设。

说到这，就像电视《鉴宝》节目终于进入了专家意见的环节，孔子这才显露核心的价值判断：子贡这么聪颖可爱，优点罄竹难书，但也仅仅是一件尊贵的"器"，也就是说，尚且达不到"君子不器"。

综上所述，我只好大胆猜测，在悟性上面，我似乎可与子贡相近吧，"闻一知二"、"告往知来"的理解与联想能力还是有的，有时候别人的事情能多猜到一星半点也不意外，但距离颜回的"闻一知十"可就差远了。当然，子贡认为自己只是"闻一知二"，很可能有自谦的成分。而子贡这个水平，在孔子眼中还只是一件瑚琏，可见，俗世为人，具有工具价值是基础，而是否只具有工具价值，则是境界了，很难去要求。即便遇到孔子这样的好老师，也不是每一个学生都能教育出来的。

孔子另有一句概括子贡性格特点的话（就像小学老师在操行

鉴定上的评语一样,每个学期结束,我少不了因为其中一两句讨来老爸一顿打):头脑通达。这就涉及做事的层面了,不仅理论上善于融会贯通,而且实务上运作通达。所以子贡的办事能力很强,事功能力在孔门七十二弟子里,可以说无出其右者,还被后世称为第一儒商,"家累千金"。反倒是"闻一知十"的颜回,时有断炊,早夭而亡,令老师伤心悲愤之极,发出感慨:"今后再也见不到好学之人了。"也不怕伤了其他学生的心。

其实孔子并不排斥成功人士,尽管他老人家自己被讥讽为"博学而无所成名"。老师的意思只是说,所谓君子,并不能用个人职业规划是否成功来衡量,无论"家累千金"抑或每餐只是"一箪食,一瓢饮",君子都能不受环境捆绑,自己决定自己的心情。千金固爽,陋巷何妨,"回也不改其乐"。

孔子蛮喜欢子贡的,尽管通达之人,难免好发议论——子贡某次忍不住在背后提及别人的短处,孔子就很有性格地回了他几句:"你以为自己就那么优秀吗?我可没这个闲工夫评论别人。"呵呵。

也就是在这个通达上面,我不知自己可以得几分?"通达"再往前,就是"权变",人生的变数大概也就在这里了。所以从读书开始的这个游戏就玩不下去了,因为你我已经站在了真实世界的门槛上,所有的书本,或整齐或散乱,一律无声地从背后注视着你,看着你跨入真实的世界,直望到未来的终点。

这时候,劝自己忘掉"器不器"的问题吧,其实孔子并不是强求人一定要多才多艺，孔子对于自己的多才多艺，自述是因为少时贫贱，为谋生才不得不多学了几门手艺。他明确否定了弟子对他"多学而识之"的评价，"非也！予一以贯之。"在他眼中，重要的不是多。

等到人生临近终点，想必许多人都能看透所谓事业、所谓掌控，不过虚空，人之将死，其言也智。而在你行到人生的半程，觉得还有机会与时间向着世界抓取的时候，究竟什么才能引领你的目光穿透人生终点那团氤氲的虚无，无他，子曰："吾道一以贯之"。对天命，要心存敬畏。

乱世抉择

汤姆·汉克斯主演的两部电影《达·芬奇密码》《天使与魔鬼》，令人对梵蒂冈产生了兴趣。其实，真实的历史远比电影惊心动魄，无须追溯太远，即便对二战期间梵蒂冈的角色——面对纳粹这个现世魔王，面对苏维埃这一地上天国的建设者，在波云诡谲的大国博弈中，在炮火与谍战的间歇，教廷的乱世抉择就一直惹得世人争议——

当纳粹肆虐之际，梵蒂冈没有提出强烈抗议，对德国的灭犹屠杀没有发出最严正的谴责，在日本轰炸珍珠港后还与其建交……这些都是人们对其不满、失望，甚至激烈抨击的原因。

而另一方面，随着大量档案的解密，仅以对犹太人的态度为例，人们有理由相信，时任教宗庇护十二世通过貌似中立的暧昧立场，以巨大的内心煎熬换得了行动空间，选择少说多做甚至只做不说，直接、间接挽救了86万犹太人的生命。

以往国内政治挂帅的"研究"，大体拷贝了前苏联的"成果"，将梵蒂冈放在对立面上贬损得一无是处。作为中国社科院的重大课题，学者段琦的新作《梵蒂冈的乱世抉择（1922—1945）》却"通过翔实的第一手历史资料，很有说服力的表明：梵蒂冈的所作所为有着双重性。"

其实，中国在二战前后与梵蒂冈并无直接的利益冲突。今天，苏维埃已经落得解体下场，人们也该找回独立思考的权利了。该书作为国内该领域首部系统的研究，终于表现出基本的学术诚实。

苏联建国后，从无神论立场出发，将宗教与酗酒、毒品视为一类，对神职人员进行宣传丑化、征收财产，直至肉体消灭。1921年苏联大饥荒，梵蒂冈组织数千万吨食品、衣物前去赈灾，苏联报纸只字不提，反而连篇累牍报道布尔什维克救灾如何有力。最终在经济稍有好转的时候，没收了梵蒂冈的所有救灾物资，令其两周内离境。当时的苏联领导人说："我们共产党人感到必能战胜伦敦的资本主义，但罗马（梵蒂冈所在地）将被证明是一个更难对付的问题。"

而梵蒂冈方面，一向把社会主义与共产主义区别看待，他们认为社会主义注重改善工人阶级的经济状况，并不企图改造人的精神。二战前他们之所以对纳粹态度温柔，除了与英法一样希望以退让换和平，另一个原因就是他们认为纳粹虽坏，却还不至于像苏联那样要"把神父作为一个阶级消灭掉"。

波兰的遭遇也令梵蒂冈不能不警惕：1944年7月29日，苏联电台播出波兰共产党呼吁华沙人民起义的声音；7月31日，忠于波兰流亡政府的华沙地下军获悉苏军已突破城东的德军防线，遂决定8月1日凌晨起义。就在这时，苏军突然停止了进攻，电台骤然缄默。德军趁机集结5个师血腥镇压，英国要求空投物资支援，被斯大林刁难。苏联人眼看德军炮火将华沙夷为平地，屠杀了60余天。耐心地等到11月之后，苏军才攻入华沙。借纳粹之手，苏联大大削弱了流亡政府的支持者。1945年3月，又设下圈套邀请波兰抵抗组织代表赴苏谈判，将这些亲英美分子一网打尽。波兰是传统的天主教国家，梵蒂冈非常关注其命运。

联想到德国入侵苏联时，曾企图迫使梵蒂冈发表支持性声明，宣布德军的行动是为了拯救苏联信仰自由的宗教战争。梵蒂冈拒绝了，负责谈判的枢机主教直言不讳地表达了教廷的态度："这是一个魔鬼驱赶另一个魔鬼。"

书中提到两则锤与钉的比喻，值得拈出。其一，德国反纳粹的加仑主教1941年不顾生命危险对信徒发表了著名的"铁砧演说"："如果你问一位铁匠，他将告诉你，他要锻造某物时，使其成形的不是锤子，而是靠铁砧。铁砧不能回击，也不需要回击，它需要的只是坚硬、牢固和抵抗性。……它将比锤子耐用，并且会使锤子破碎。"其二，苏联党内理论家卢那察尔斯基的名言："宗教就像一颗钉子。你敲得越厉害，它就钉得越深。"

梵蒂冈与日本建交伤害了中国的感情。历史上，梵蒂冈的对外交往原则是从不拒绝任何主动提出与其建交的国家，出发点始终是从有利于传教考虑，认为信仰高于民族利益。作者客观分析道："梵蒂冈的对外政策，是天主教徒的利益先于一切，不管民族事业正确与否。"这就不免与现代民族国家的诉求产生矛盾。

梵蒂冈总是避免政治化的行为,力求以超脱的姿态做国际争端的调节者。对于英美要求德国"无条件投降"的最后通牒,梵蒂冈就公开反对,认为这会使战败方相信除了胜利和毁灭之外别无选择,会使德国因绝望而拼死一搏。后来,这的确被权威人士视为盟军的失策。

德国投降后的次日中午,教宗发表讲话:"这场战争带来了最严重的破坏,不论是物质上还是精神上,都是人类历史上前所未有的。今天重建世界已经成为当务之急。我们希望在等待了这么长的时间之后,能够在条件许可的情况下看到战俘和被扣押的公民尽快被释放,回到他们的家乡、亲人身边,回到和平的环境中去。"

既没有谴责失败者,也没有赞颂胜利者,而是将争端与分歧弃置一旁,敦促所有人都参与到战后重建中来。这就是梵蒂冈的立场。这个调调肯定有人不爱听,但总不至于是"法西斯的同盟军、反革命阵营的顽固派"。正如恩格斯所说:"历史研究的出发点,不是原则,而是客观存在的历史。原则应该服从历史,而不是历史服从原则。"

不早不晚，在明朝

利玛窦是耶稣会的传教士，历史上第三拨来华的基督教人士。元朝那会儿，他的意大利老乡马可·波罗在游记里记载着，中国的许多地方都建有也里可温寺。"也里可温"，就是拜上帝者的意思。那是第二拨。再早，唐朝的景教是第一拨，传教士阿罗本受到唐太宗特派仪仗队隆重欢迎的待遇。景教即基督教的聂思脱里派，聂思脱里5世纪任君士坦丁堡的主教，"景者，光明正大之义"。

前两拨，热闹一阵后，在中华文化里几乎没留下一丁点痕迹，消失得有如蒸发一般。有人说，那是因为当时中华文明正如日中天，像海洋一样把西方的涓流同化于无形。等到利玛窦东行，却可说硕果累累，单凭他和徐光启合译的《几何原本》，已足以让他无法轻易消失。

《利玛窦中国书札》，收录的是利玛窦当时写给他的会长和朋友们的书信，从中可见利玛窦对自己中国经历的坦率描述。

对部分中国读者来说，以下内容可能会是最先引发兴趣的部分——

(1) 这就是南京，那座在中国人的眼中，世界上最壮观美丽的城市。事实上，我也认为这是所有这些东方城市中最美丽的。而且，毫不逊色于世界上其他任何城市。

(2) 我发现了他们那十分完善的治理国家的方式，而且比人们传说的还要好。没有任何宗教的组织结构能够与他们的立法制度相比拟，非常规范，各司其职。

(3) 如果说中国没有伟大的哲学家，应该说是因为他们从没有过真正的哲学。但是，一旦有人教给他们，那么，我认为，他们不仅不会逊色于我们的哲学家，而且，还会在许多方面超过我们的。

(4) 这个国家幅员辽阔，重视读书，人们的文笔精彩。对科学很感兴趣，但是，很藐视武力。

中国人的生活场景想必总有令他愕然不解之处，今天想来，一群明朝人与利玛窦站在一起的情形，颇能激起人的会心一笑：

(1) 中国人十分崇拜一些神像，可是，当他们的愿望未能实现时，他们会毫不留情地砸毁这些神像。可很快又会平息下来，一如既往地再拜其他神像。

(2) 由于我们的建筑风格与他们的截然不同，我们便成了他们参观的对象。……他们终于把我们的会院都参观遍了。如果要是收门票的话，我们还能赚一些钱呢。

(3) 每当我到一些人家拜访时，都得到了盛情的款待。他们都为我的到来感到非常激动，摆上家里所有的一切，尽可能地让我有宾至如归的感觉。而他们的妻子和孩子会从各个角落里冒出来，跑来看我。

作为传教士，利玛窦谈得最多的是信仰。下面这段话，一些民族人士看了未必高兴，"仅仅就内在而言，如果没有天主，也就没有内在的崇高精神境界可言了"。在他看来，中国人缺乏崇高的精神生活，"他们将现世视为天堂，沉醉于盛宴戏曲、歌舞笙廷和世间一切陋习"。晚明的社会风气有股烂苹果的味道，但显示利玛窦过人之处的并非这种旁观姿态的批评，紧接着他说："正像世界各国的高官显贵们一样，他们也凭借自己的聪明才智，尽情地享受着这一切。"

这句今天听起来很平常的话意味着，说话者在四百多年前已到过许多国家，清楚人性之恶的相通与雷同，其视野并不为民族、人种所限而有偏颇。他同样能坦承，那些被派到中国的传教士，"有许多德行并不是很高尚的神父和长上。他们不但不热衷于信仰皈依，而且，甚至对此充满了仇恨"。

他念兹在兹的传道，是从举办"欧洲远来异物"展览开始的。"我用这些世界地图、地球仪、自鸣钟、星盘和其他作品给人们讲课，在当地人中赢得了世界上伟大的数学家的称号"。"他们特别对三棱镜感兴趣……认为三棱镜比钟表、天鹅绒和其他东西都奇妙"。"他们中的大部分人是出于对我们的绘画、印刷品、圣像和钟表的好奇才来的"，这些登门拜访与礼貌的回访，都被利玛窦视为传教的机会。

一次，利玛窦身体不适，中国朋友"让我告诉仆人谢绝访客，说我不在家。我告诉他，我们不能说谎话。他听了笑道，在中国这并不是罪过……他说：'这片土地是礼仪之邦。可是，我们仍经常说谎，而且毫不在意。'……后来在人们中间流传着我们不说谎的说法……在这里，人们言行上有些不拘小节，于是就将我们的行为视为奇迹。这也为在他们中间传播基督信仰打下了基础"。

而另外一次以德报怨的行为，让当地人对他们的印象大为改观。传教士为抢劫他们财物被抓获的劫匪而向审讯的官员求情，就是那次抢劫，使利玛窦的一只脚留下了终身残疾。

利玛窦死后，史无前例，万历皇帝御赐他安葬在北京二里沟坟茔。同在中国的传教士说："如果我们的人能够达到利玛窦神父那样的水平，赢得他那样的声誉时，那我们真的可以说已经很成功了。"的确，其后来华的传教士，人文修养和对中华文化的了解再也无人能出其右。

万历年间，中国还是很可以撑撑场面的。中西方恰好处于均势，那是儒耶相遇的蜜月期。打那往后，即便有一段康乾盛世，也不过是帝国的背影。再没有一个西方人，像利玛窦那样懂得欣赏并发自内心地赞叹中国的文明。

交往背后的实力对比，晚近以来变化太快，双方都不大适应，心理失了平和与耐心，教案与义和团的发生也就不显得突兀了。历史，就这样进入了缺乏修养的现代。

霍乱依旧，爱情之上

"一个躲在角落的人内心拥挤，一个手攥车票的人耽于享受忘记了终点的瞬间恍惚，在琴声中一个刚刚建立起来的秘密带着熟悉的气息，合上书似乎并未标志着阅读的结束，而是一次出于本能的掩饰。

使一个男孩学会沉默的是青春期，使一个男人学会沉默的是另一个世界。每一次因缘的集会上我都郑重地在签到簿上写下名字，而只需一夜，在窗口的清光里回头，无迹可寻的是最终的理解和必然的命运。

阅读使我学会了模糊地表达模糊的感受，清晰是比误解更大的伤害。当然，异己分子的纠缠不休，不免使人恼怒，因为你很容易就联想到：你和愚昧、粗暴还保持着一种你自以为早已断绝的联系。特使怀揣作为信物的小金鱼，从一条隐秘的驿道飞马驰来，现正在你的门外等待你的答复。

多年之后，我知道我无法找到风中的城镇，我懒惰地在心里重复了一遍，我记住了3千名抗议的工人在弹雨中最终成为装满了2百节车厢的尸体,却放弃了刻划每一堵墙壁的冲动,不再介意一个国家丢失了它的钥匙。或许在地理上可以抵达,沿着墨西哥城继续向南,延伸尼尔·卡萨迪的白日梦,作一支向生活突进的噪音小得多的钻头,在酒后它的方向感最好。

当现实的交谈显得不痛不痒,周围的不幸提供的不过是一次曲折的自恋机会,打开一本书让生活悬置。有人在各处寻找自己,有人把自己散入各处。也许这根本不同,也许一个人最后发现在各处寻找到的都将在自己身上找到,毕竟我们还从未走出过自己的双脚。而走遍大地开始似乎是在找寻出路,却终于不可避免地成为对退路的探求,为了某天在自己家里,我们不至于感到无处可逃。'我们一直走,一直走,一直走,再到黄金港去'。

'让时光流逝,当会看到时光给我们带来的东西',如果你还年轻,那么不需要拥有这种智慧,需要做的只是为自己选定一种流逝的方式。现在我正做的,是站在水流中向河岸翘首,不断确认这就是我站在桥上挑中的那条河。

我不会说出我的读后感,因为我不忍心失去它们。就像我不说出情人的名字,她就永远不会有外遇。"

——2003年"非典"闹得正凶的时候,有好事者为闭门不出、爱惜生命的人们,开了一张书单,《鼠疫》《霍乱时期的爱情》等几本都列其中。的确,书里不乏感情戏,于是,自我隔离的人们,反倒陷入了一场把自己不顾一切地献给另一个人的想象。

书单近乎玩笑,《鼠疫》暂不论,《霍乱时期的爱情》却与霍乱几乎没有一点关系，以为是"发生在霍乱肆虐之时可歌可泣的恋爱"，误会可就大了。不过，很多时候，名著就是那本人们更愿意对着它望文生义而从不情愿打开的书。

今年的猪流感，终不至闹成非典的阵势，尽管学校也关闭了几所，人也隔离了一些。整理书架时偶然翻开《霍》，夹在书页间的读后感掉落，才恍恍惚惚回望见自己的来路：我不是我，我还是我。

前面的几段文字，就是当年随手记下的感想。青年心中被激发的触动，如今已大半淡忘，只剩下不知所云的文字尸体，泄露着成长的蛛丝马迹。

尽管译者转述，评论界昔日就对本书毁誉参半，觉得《霍》里没有了人们读《百年孤独》时着迷上瘾的那股魔幻之风，但书页间依然弥漫着热带地区湿热腐烂浓烈慵懒的气息。就像置身这个季节广州的闷热，在全国的政经社会新闻包围下，不努力，就闻不到希望。幸福的阿里萨啊，心头一直坐着一位姑娘；因为求之不得，而以最原始的方式被迫拥有了意义。

霍乱与爱情，直到《霍》的末尾才真正扣题。为了避免两人在内河上结伴旅行带给费尔米纳的尴尬，阿里萨下令轮船挂出代表霍乱的旗子，以免与其他人碰面。船长问，这船要开到什么时候，阿里萨的回答是，"永生永世"。

中国，近来最火的书是《小团圆》，可怜的张爱玲，就这样结束了。这世界不缺乏才能，只缺少爱，才能令匮乏显得更无奈而可悲。既然每个中国人,仿佛一辈子都带着原生家庭之痛,那我们不妨总结说,是这个国家的命运,潜入了每个国民的心。你我都带着匮乏者的 DNA,"只有当我们把生命的重犁挂在一颗星星上时,犁才会飞上天,同时把我们从虚无中拉出来"。

"它既是一部爱情专著,也是一部研究老人心理复杂变化的论文和光怪陆离的回忆录,同时又是一部研究时光从人们心灵和城市中无情流逝的论著。"多年后重读,我能确信的只是,这部小说就像一条丰富混杂的河,它的全部流域都位于一个发展中国家,河水流淌不息,这个国家依然在自我伤害。

二十一世纪即便不适合文学,却依然适合政变。洪都拉斯的总统还在天上飞着,迟迟无法落地,似乎在提醒人们,美洲大陆的魔幻现实某种意义上仍在继续,就像美国在金融危机的年景里依然负责为世界提供梦想。只是,文学大师已经先走了一步,再见马尔克斯,在据说已经信息爆炸的时代里,民众依然需要你从事成为文学大师之前的职业——公正报道事实、提供真实信息的记者。

"社会生活的症结在于学会控制胆怯,夫妻生活的症结在于控制反感。"——有人把此句作为《霍》中最睿智的话,抄在贺卡上送给损友庆婚。后半句对于新婚人士未免过于悲观,尽管它事实上是众多婚姻保持"和谐"的秘诀;前半句,看看我们的周围,更可堪玩味。

在这部小说里,"一切都是严肃的,有分寸"。

在路上的爵士

年轻时居京,对被 BG(Beat Generation,垮掉的一代)视为经典的《在路上》用过点心思。据说,该书手稿 2001 年被拍出了 243 万美元的天价。

文楚安先生的翻译与台版相比,语感要好很多,在两地译本对比中,属于难得的胜出之例。BG 往事的爱好者,想必熟悉那段氛围,爵士乐是一甘人等四处流窜时随时 Play 的伴奏乐。细查书中提及的所有爵士乐手,部分与国内音乐类书籍及碟片海报上通译的人名有出入,不利于按人索碟,生平信息也有待更新。遂按漓江出版社 2001 的版本,通篇作一索引。

凯鲁亚克在第 15 页,提到了两位爵士大师:查理士·帕克,别名"非凡人物"。即 Charlie Parker,通译查理·帕克,绰号"Bird",意译为"非凡人物"反倒让人觉得没味道了,绰号嘛,倒不如叫"大鸟"更酷。

迈尔斯·戴维斯(1926—)。资料过时,这厮已于 1991 年为天堂里的人们演奏冷 Jazz 去了。

先说身背萨克斯的"大鸟"帕克，这人是不折不扣的天才，十几岁时跑去夜店，站在台边观察萨克斯名家的指法、听他们即兴演奏，对音乐过耳不忘，全凭自学开创了一代比波普曲风（台湾译为咆哮乐，顾名思义，曲风较为喧闹，融合了不少拉丁元素）。

当1955年"大鸟"病逝时，医生检验后以为死者年逾五十，其实，沉默的帕克年仅34，数次自杀，被酗酒、毒品、纵欲搞衰了身体。天才总要承受一些，普通人望其门而不入的东西。

小喇叭手迈尔斯·戴维斯几乎是大众最熟知的标签式人物，这位酷派爵士宗师，是继"大鸟"之后最显赫的高手，年轻时，被帕克提携一起录过数张唱片。作为爵士乐手中少见的长寿者，戴维斯几乎见识过各种爵士曲风，常有机会领风气之先。玩艺术，最后也要比谁活得够久。

第103页，比莉·霍里戴：即Billie Holiday，人称"戴夫人"。村上春树是这么写的——"其中有一位很静很高的黑人……每每也是坐在counter之座位，点啤酒或是威士忌……还记得有时他在听Billie Holiday时……张开一双大手盖着自己的脸，肩膀微颤，静静饮泣着。"后来，曾与黑人同来的日本女孩，某夜忽然独自出现，黑人已随军队回国。"我收到他寄来的信。"她对我说，"代替我去那间酒吧，听Billie Holiday吧！"

这种调调，被中国粉丝在网络上批量模仿着，使爵士迅速成为一个符号。无法模仿的，是那颗哭泣后平静的心。爵士，起初便是黑人在白人世界里最早寻得的话语资源和身份证明。那里面，一定有认同，有抚慰。

Lester Young，莱斯特·扬，"总统"的绰号是"戴夫人"起的。第 249 页，把"总统"音译为普莱兹，有损声色。此人也是萨克斯玩家，"大鸟"帕克在学艺的最初阶段把他奉为偶像，买齐了他所有的唱片，甚至背得出他的所有独奏曲目。

路易斯·安纳斯特朗出现在第 250 页，即 Louis Armstrong，国内通译路易斯·阿姆斯特朗。老资格的小喇叭手，有人称他是爵士乐史上最初的天才。他的音乐被形容为"magic touch"，那是一种什么魔力呢？从耳朵进入心灵。

罗伊·塔尔沃里奇（1911—　）：即 Roy Eldridge，通译为罗伊·埃尔德里奇，死于 1989。

同在这一页出场的巴锡（1904—　）：即 Count Basie，通译贝西"伯爵"，死于 1984，是 1930 年代风行的大乐队爵士乐的代表之一。大乐队的编制通常在 10 人以上。在堪萨斯城起家的他，某次参加当地的电台演出，播音员嫌他原来的名字太过平平，随口叫他贝西"伯爵"，结果一炮而红。"总统"、"戴夫人"都曾与他合作，留下一摞精品。

第 251 页，蒙克（1920—　）：即 Thelonious Monk，钢琴家，死于 1982。他的招牌动作是，手指平平地放在琴键上，侧扬着脑袋陶醉于自己制造的刺耳和弦中。

吉莱斯皮（1917—　）：即 Dizzy Gillespie，死于 1993。那一年，我初尝此味，买到一本发黄的《爵士乐》小册子。

最后一个需要交代几句的是322页的杜克·埃灵顿：即Duke Ellington，通译埃灵顿"公爵"，大乐队时代的重磅人物。曾被视为腐化堕落的"摇摆舞"，源头就是摇摆乐（Swing），这一风格在"公爵"手里被演绎成熟。

70岁时，老"公爵"还随乐队穿越美国一路巡演，"路就是我的家，我只有在行程中才感到舒适——纽约只不过是我存放信件的地方。"当凯鲁亚克已死，金斯堡在大学抛锚做了文学教授，爵士依然在路上，等待与下一茬年轻的心相遇。

命运中的那片密林

1946年3月,《缅甸荡寇志》初版三万册一售而空,5个月后再版。这本记录对日作战的酷烈与辉煌、极大振奋民气的书,此后的命运竟一波三折:在台湾被禁30余年,在大陆,直到2005年9月,抗日战争胜利60周年之际,才更名为《中国远征军缅甸荡寇志》,与读者见面。

书的主角孙立人,是歼灭日军最多的中国将领。1914年以安徽省第一名考入清华大学土木系,作为庚子赔款留美学生,先获印第安纳州普渡大学工程学士,后入弗吉尼亚军校,其所率新38师在缅取得了对日作战的重大胜利。作者孙克刚,是孙立人的侄子,北大历史系毕业,全程随远征军征战。

在国民党内,孙立人属于为数不多的英美派。新38师的前身是财政部的税警团,是"财政部长宋子文的部队"。

当时,同在缅甸的有杜聿明的第五军,杜是黄埔一期生,蒋介石的嫡系,该军是蒋的第一支机械化部队。起初,杜麾下的200师在戴安澜带领下取得同固大捷,后盟军大溃败,一次缅战以大撤退告终，戴安澜亦壮烈殉国。杜在《中国远征军入缅对日作战述略》中记述，"沿途白骨遍野，令人触目惊心"。日军步步追杀，原始森林恶劣的自然条件和疟疾等疾病使部队非战斗减员十分严重，第五军1.5万人穿越野人山，最后抵达印度的只有三四千人，随军撤退的40多名妇女，仅4人生还。

孙立人虽以少胜多创下仁安羌大捷，获英国勋章，但因不听从杜聿明的命令，激起杜的强烈不满。因为杜聿明与美军最高将领史迪威的矛盾，二次缅战时中方军队的最高指挥被换成了另一位黄埔一期生郑洞国。当时，中方军队还有廖耀湘统领的新六军。

孙凭借战功扩编部队组建新一军，在1943年开始的二次缅战中屡获胜利，丛林战打遍日军无敌手。

抗战结束后，盟军要求老蒋派孙立人领军一同进驻日本本土，蒋着意经营国内未予理会。孙立人的老本新一军被调到东北，孙、杜两人各领一支王牌精锐在东北再次搭档。因战绩不佳，两人矛盾加剧。尽管孙勇猛如故，亲驾坦克冲锋在前，将林彪赶出四平，老蒋终究信任黄埔嫡系，孙改任虚职。

眼看东北败局已定，孙从新一军中带出几百个缅甸战场上出生入死的弟兄，转赴台湾训练新兵。新一军随廖耀湘兵团在辽西会战中被林彪的东北野战军全歼。郑洞国死守长春，不降被俘，后作为爱国人士幸存到"文革"之后。

1953年，孙任"国防部长"，终因亲美且与蒋经国不和，被老蒋视为独裁的威胁，1955年从陆军总司令任上被软禁，史称"孙立人事件"。书至此因人被禁。直到1988年蒋经国死后，孙才重获自由，随即"平反"，1990年病逝。

被囚期间，孙逐页批注《缅甸荡寇志》排遣郁闷。1993年，该书更名为《中国军魂——孙立人将军缅甸作战实录》再版，47年后在台湾重见天日。

与以上名将不同，昔日两名下级军官也曾跋涉在缅甸的密林里，后来的命运别是一番滋味。

一是与孙立人同为清华出身的诗人穆旦，1942年入伍在杜聿明的司令部任翻译，后编入罗又伦（黄埔7期生）部，经历了野人山大撤退。途中连饿8天，到印度后又因过饱而险些丧命。穆旦留下的唯一文字记录是发表于1945年的诗歌《森林之魅——祭胡康河上的白骨》（胡康河谷缅语即"魔鬼居住的地方"，当地统称野人山）。

一次缅战后，穆旦退伍回国。1946年因罗又伦相邀，随青年学生军207师北上沈阳，办《新报》。一年后，《新报》因揭露国民党辽宁省主席腐败嫌疑被封，穆旦随后赴美留学。1953年毅然回国的他，因"伪军"履历被打成"历史反革命"。这个中国文学史上最重要、最杰出的现代诗人，20年无法提笔创作，被迫苦心翻译，留下数卷优秀译稿，于1977年含冤离世。个中细节于2006年出版的《穆旦传》中可窥一斑。

另一位是黄仁宇。抗战爆发后，在南开大学就读电机工程系一年级的黄辍学，先在长沙《抗日战报》做记者，后入国民党成都中央军校。1943年春,在郑洞国军部任上尉参谋,随后参加二次缅战。其客串随军记者,在《大公报》等处发表的战地报道汇成一册《缅北之战》,于1945年出版,2007年大陆再版。在名为《黄河青山》的回忆录中,黄对远征军人事纷争及作战情形,均有记述。

黄也参加了辽沈战役。1950年退伍后赴美求学,数年后竟成一历史博士。其在"大历史观"下解读蒋毛之争的书稿,1990年代返销大陆,一时热卖。

今年,恰逢穆旦诞辰90周年。名将已随血色逝去,唯有诗句犹存于耳——

"静静的,在那被遗忘的山坡上,
还下着密雨,还吹着细风,
没有人知道历史曾在此走过,
留下了英灵化入树干而滋生。"

事关乳房

对于下面我要谈到的这本书,我想我已经可以做到语气平和。

2004年的11月,我买了一本书,把它送给我的女友。她在扉页上写道,"ZT 为 GZ 购于东山书店。于省**医院影像楼928房"。英文字母是我们彼此的简称。当时,化疗后的她就躺在928病房。书店离医院大约500米。

书名《乳房圣经》,作者是美国乳癌联盟主席暨创办人苏珊·乐芙,英文原名 DR.SUSAN LOVE'S BREAST BOOK,直译过来就是"苏珊·乐芙博士的乳房书",因其在美国作为乳腺疾病的权威,获选全美最佳医师,已广为公众所知。《纽约时报》评价该书,"对女性同胞来说,本书犹如了解乳房的圣经。"这就是汉译名的由来。

挂着引流袋,躺在病床上刚刚接受了一次手术的她,和旁边的我,在彼此的间歇里,先后读完了这本书。书里告诉我们的知识,远远超过我们所遇见的任何一个医生,书里传达出的体贴态度,更是我们从没在生活中的医院里遇见过的。合上书,我们相视一笑，什么也没说。那笑里面，是克制的羡慕，是对自己身处的医疗现实的失望和最终的接受，顺带着自嘲一下：一只已经上了案板的动物，竟有机会读了一本如何善待自己以及如何与厨师相处的书。我只说："这本书真不错，资料挺新的，我会再读一遍。"

简而言之，关于乳房的方方面面，从它的发育到它的正常枯萎与非正常消失，从日常健康的自我关照，到如何应对常见的乳腺增生、整形手术的注意事项，乃至乳腺癌的就医建议和治疗方式，可以说无所不包、无微不至。尽管这种无微不至，绝不意味着可以帮你消除烦恼，更多的时候她只是站在你的身边，直视着你的眼睛，坦诚地告诉你："在各种不同的处理方式中，并没有哪一种是绝对正确的。这真的是属于你自己的决定……你宁愿相信存在着某种客观的真相：亦即只有一种最适合治疗你的方式。不幸的是，正如你从阅读这本书的过程中发现的，事实经常不是如此。"

科学最具科学精神的表现，就是承认自己在某一领域还不够科学。充分了解信息就变得必要。作者说道："有时候病人会不好意思寻求其他医师的意见，仿佛这么做是不相信原来医师的专业水平，绝对不要有这样的想法。你并不是在侮辱我们，你不过是在自己的生死关头，尽可能寻求正确的信息而已。……如果你遇到一位因此而感到恼怒的医师，也不要被他吓着。你的生命以及你心灵上的平静，都远比你的医师的自尊重要得多。"

美国的医疗问题据说也不少，上述的漂亮话美国病人是否当真我不得而知。现实之一种是，我们曾从广州飞到北京赫赫大名的同仁医院（这里被认为是中国西医的发源地），挂了一个很贵的专家号，结果被要求当场购买广州原某烹饪调料企业生产的保健品，专家一拉抽屉，很自然地表示，没有零钱找给我们。当然，本着科学精神，我们知道自己的情况只是一起个案，无法通过归纳法证明什么。

中国的癌症病人通常会遭遇中西医的拉扯，面临选择的煎熬。在"辅助疗法与替代疗法"一章里，作者提到了中医疗法。令人吃惊的是，美国的西医权威并未像国内那么讲求"科学"，而是完全采取实用主义的态度，甚至对包括祈祷、冥想、饮食等另类治疗，"虽然我们不确定这些疗法是否真的会对癌症发生作用，但也许会令你觉得好过一些；并且，可以在心理上赋予你更多的力量，作为你自我治疗的一部分"。

在靠近结尾处的一小节"何时停止治疗"中，作者提醒："当时候到来时，你希望自己是被层层药物包围，还是尽量保持清醒？没有哪个方式是完全适用的，但是其中总有一个是适合你的……你有权做出这样的决定。"

某次去医院检查的路上，身边的这个人对我说："如果我有那一天，我的心愿很明白：千万别给我上那些管子！让我安安静静的。"

书的扉页上所题的928号病房、她的床号"31"，以及手术日期,曾被我按照不同的排列组合,跑到住院部楼下水果市场的彩票站投注,或许总有一件幸运的事情能为不幸的事做补偿,情场失意赌场还得意呢。结果证明,即便有补偿,也很含蓄,没能直白地体现在中奖几率上。

在具体的生活场景中推介这本书存在两个困难:一是性别障碍,无论是对着一个男人还是一个女孩,大谈乳房非我所长;二是健康的障碍,向一个健康人推荐一本关于疾病的书,很可能惹人讨厌。尽管如苏珊·桑塔格所感受到的,健康与疾病就像两个国度,人们迟早都将进入这后一个国度。

有时我会想,如果存在着一个理想的世界,那么它理应是存在于书中的。而如果这个理想的世界除了包括文化、信仰等形而上的东西,同样关乎形而下的肉体的健康时,人们将作何感想?那时候,肉身是否将比精神沉重?

以我对乳房的理解,那些美丽丰润的乳房,意味着一种包容,不是全然接受的母性式的包容,而仅是中性、然而敏感的包容,包容里含有生活的伤害。有些杂质和伤害可以化掉,有些今生无法解决,只有耗尽精华把它凝结成核,包裹在里面。

所有的珍珠,换一种眼光,不过是结晶的癌。

黑非洲的笑声

人类学家巴利来到喀麦隆多瓦悠人的一个部落，带着他在当地找的仆人进了村子，看到人们正在吃一种肉椰。巴利试了一下，果汁可口但纤维太多，嚼起来很费劲。边上一位多瓦悠老太太看巴利咬得实在吃力，就递给他手中的葫芦，里面装着看起来很新鲜的肉椰。巴利一尝果然味道鲜美，于是对仆人说，这个咬起来很容易。仆人恭顺地答道："是的，我的主人，那些是她咬过的。"

这是英国人类学家奈杰尔·巴利在《天真的人类学家——小泥屋笔记》（上海人民出版社2003年8月第一版）中记录下来的诸多令人爆笑不已的段子之一。这本薄薄的小书，是他1977年—1979年在非洲喀麦隆某部落做田野调查时的收获，专业圈外的读者，大可把它当做一部充满搞笑经历的游记来读——

（1）每次，祈雨的卡潘老人都说带我去看求雨的石头，每次都无法实现。一会儿是因为旱季还没结束，接近石头会造成洪水；一会儿是雨季来临，接近了可能被雷劈死。要不然就是他的老婆月经来了，此刻去看石头对石头影响不好。他有13个老婆，几乎每天都有人在月经。

（2）我的仆人一定要将他15岁的弟弟推荐给我做厨师。早晨他已经来了，做好一锅油露露烧得焦黑的内脏端上来等着我嘉奖。年轻的厨子将他的优良厨艺归功于曾在加路亚替白人工作过。"你在那里做厨师吗？""不，打扫卫生。"

（3）"谁是庆典的主办人？""那个头戴豪猪毛的男人。""我没看到头戴豪猪毛的人。""他今天没戴。"

（4）多瓦悠人的解释总是绕圈子打转。我问："你为啥这么做？""因为它是好的。""为什么它是好的？""因为祖先要我们这么做。"我狡猾地问道："祖先为什么要你这么做？""因为它是好的。"我永远打不败这些祖先，他们是一切解释的起始与结束。

"有时在寂寥的失眠夜里，我如此质疑自己，一如我在英国时怀疑学术生活的价值一样"，巴利自我解嘲，"人类学家不过是毫无害处的书呆子"。他眼中的一些专家学者，"深陷恐怖的虔诚与洋洋自得中，拒绝相信世界其实并不系于他们的一言一行"。

之所以适合旅游爱好者们作为游记来阅读，同样在于他反讽的姿态。在城市里，总少不了自诩曾深入不毛之地的探险者。艰苦地到达荒凉之地、寻找即将消失的文明，日益成为时尚杂志的封面人物们嘴里很酷很炫的经历。这种对于所谓民俗的寻找与嗜好，其实和偷吃野生动物区别不大，在自身的文明光环消失后，旅行者们把这光环像拆迁通知书一样大老远地跑到某个村子递给村口的老大爷。把自己已经不具有的品质，在想象中赋予村民们，同时通过这一想象活动为他在城市文明中赢得一个新的道德制高点和话语资本。每一次制造民俗的过程,其实也是在毁灭,暴露了端着相机的旅行者口是心非的道德漏洞。

有谁比人类学家更深入蛮荒,深入所谓民俗?接下来的两个冷笑话,除了再次显示巴利着实了得的英式幽默,相信也让伪民俗爱好者们大跌眼镜——

(1)非洲人常常困惑西方人为何那么爱安静,他们分明有钱可买足够的电池,日夜不停地播放收音机。

(2)他们对非洲丛林动物的认识比我还少,他们能分辨的极限只是摩托车痕和人类足迹的区别,他们还埋怨我未从白人国家带来机关枪,让他们扫荡此地残存的可怜羚羊群。

本书的译者是台湾的何颖怡,在专业术语的翻译上,曾多次与原作者反复探讨,在语言的文学表现力上,则忠实重现了作者的语气,甚至用汉语再创造式地转译出巴利双关语的幽默妙处。在大陆,已经好多年没有看到这么用心的翻译了。

《小泥屋笔记》有一个续篇,《天真的人类学家——重返多瓦悠兰》,译者同为何颖怡,2002年台湾商周出版社出版,目前大陆尚未引进。所有的续集几乎都难摆脱相似的命运:因为预期过高,看过之后意兴不免索然。

因此与本书相映成趣的作品,并非书籍,而是同为1980年代出品的一部南非、美国、博茨瓦纳三国的合拍故事片《上帝也疯狂》。电影的主人公是非洲卡拉哈里地区的部落居民,如果有人告诉我，编剧就是巴利，我也不会感到惊讶的。

1989年，《上帝也疯狂》同样拍了一部续集，好看过巴利的续篇。

一位人类学博士对我说，巴利的路数属于反思型写法，也是人类学写作中的一派。但他在授课的时候通常不推荐这本书给人类学的本科生阅读。我忍不住回应，"是不是这家伙反思过头，成了解构了，不利于让年轻人产生职业认同感？"

其实，解构之后，人们仍然会一次次地选择旅行，就像巴利回到英国，仍然干老本行，在大英博物馆民族志学组附属的人类学博物馆做了馆长。

将生活元素拆开来看过，消消毒再重新组装，生活将运转得更安稳也说不定。主动做这事，比被命运敲散架了再收拾，至少具有心理优势。富于生活经验者都知道，藏火种于灰烬，最易保存。

像词典一样追忆20世纪

"所有的传记都是作伪,我自己写的传记也不例外。……传记之所以作伪是因为其中各章是根据一个预设的计划串联成篇,但事实上,它们是另行组合,只是无人知道如何组合。……无论谁写出他自己的生活,他都不得不分享上帝的观点来理解那些交叉的因果。传记就像贝壳。贝壳并不能说明曾经生活在其中的软体动物。……传记的价值只在于它们能够使人多多少少地重构传主曾经生活过的时代。"

2004年8月14日,诺贝尔文学奖获得者米沃什老死于故国波兰的古都克拉科夫。对于一个充分领受过生活的幸运("我从未落入政治警察之手")与不幸("我一生的故事是我所知道的最惊人的生命故事之一")的诗人,庸俗的因果论一定是他所讨厌的。因此他选择以片段闪回的方式追忆往事,写下这本《米沃什词典》。"也许本词典是一件替代品,它代替了一部长篇小说,一篇关于整个20世纪的文章,一部回忆录",米沃什说。

故乡昔日宽容的无政府主义、对任何集权的不信任、多元的文化思潮，给予了头脑成长所需的一切。这是城市这一人类群居生活的组织方式，在二次大战之间留给社会精英们最后的温馨背影。人类与城市的蜜月随后彻底结束了，无论是巴黎还是纽约，群众集会的口号与狂热、一个人从摩天楼上俯视街灯的孤独、贫民区各色人等的凄惶、对时运流转的不甘与不解，一切都不再得体，城市沦为文化人白天挑剔使性、夜晚缱绻无度的情人。

暮年返乡的米沃什，"沉浸在超强的情感波涛之中，我也许只是无话可说。正因为如此，我回到了间接的自我表达方式，即，我开始为人物素描与各种事件登记造册，而不是谈论我自己。"

这种姿态，令人联想到前苏联音乐巨人肖斯塔科维奇的《见证》。肖斯塔科维奇从谈别人而及于自身，从众人身上找到自己的映像。他把自己的回忆称为"一个目击者的见证"。忍看朋辈成新鬼，在米沃什那里友人们死于战争、集中营，在肖斯塔科维奇那里死于肃反、古格拉。20世纪是怎样的一个世纪啊，最富创新欲、最具个人意识的诗人和音乐家竟然放弃对自我的追逐，而甘于"间接的自我表达"、只求做一个客观"见证"。

茨威格在《昨日的世界》中，同样选择写下他所结识的人、经历的社会事件和他的感受，而不是直接记述自己的生平。在给朋友的信中，茨威格说："出于绝望，我正在写我一生的历史。""我之所以让自己站到前边，只是作为一个幻灯报告的解说员，是时代提供了画面"，奥地利人、犹太人、作家、人道主义者、世界主义者、和平主义者，这些都是逼迫流亡者茨威格于1942年在遥远的巴西自杀的理由。

《米沃什词典》里充斥着非正常的死亡。"现实的界限超出了可能的范围，人们可能会把那些忠实记录的细节看成超现实主义的虚构"——奥斯威辛司令官的儿子穿着党卫军的制服在操练他的一帮小兄弟；整整一列运送战时物资的火车满载着各式各样的钟，它们以各自的节奏滴滴答答走着。"我们命该遇到这样的时代"。

很多时候，人们自欺地以为理性之光可以拯救20世纪的人性，爱伦堡却在《人·岁月·生活》中记下了爱因斯坦的话——"我生平说过不止一次，认识的可能性是无限的，我们应该知道的事物也是无限的。现在我认为卑鄙和残酷也是无限的"。

哲学家激烈地认为，奥斯威辛之后写作抒情诗是令人厌憎的。米沃什的回答是，"在恐怖之中写下的轻柔的诗歌宣示了其向生的意愿，它们是躯体对毁灭的反抗"。这个人的神经健壮到几乎顽固，在90岁高龄的时候，他仍然坚持写作。时代选择留下他，为我们讲述一些事情，他幸不辱命。

二战中，他参加波兰抵抗运动，战后从社会主义波兰的驻法外交官任上外逃。而当时西方一批知识分子出于批判本国资本主义制度的需要，刻意掩盖、美化苏联的种种弊病，不允许人们对东方的理想国发出置疑。萨特对加缪说："如果你不喜欢共产主义，也不喜欢资本主义，我看你唯一可去的地方是——加拉帕戈斯群岛。"

在这种政治氛围下，作为叛逃者的米沃什，境遇可想而知。他直斥萨特与波伏娃以政治正确性为名联手攻击诚实的加缪，是"下作的"，并从此不再相信巴黎的任何主义。

"难道你认为历史不是娼妓吗"，被苏联宣传机器当作文艺理想化身推向世界的肖斯塔科维奇悲愤地逼问。"这是一个伪造和涂抹历史的大工厂。……撒谎正是集权主义的本质。从这一点看，集权主义的新闻出版甚至比它的经济体制还要糟糕。"《米沃什词典》里的洞见，依然可以照亮 21 世纪的夜空。

一些臧否人物的细节，坦率而有趣。例如，他认为美国诗人弗罗斯特为了"要做一个伟大诗人"而伪装出一副地方主义的面孔，其背后隐藏着他对人类命运灰暗的绝望；波伏娃对女权主义的过度鼓吹，只是为了拿捏住下一个知识界的时尚。虽然我对波伏娃并无成见，但听到诗人径直叫她"母夜叉"，诚实地说，快感禁不住油然而生。

伯罗奔尼撒的消息

一个朋友，苦于儿子临睡前要听故事：不讲孩子不上床，讲了孩子又不叫停。"现在，我只好每晚给他读一段《伯罗奔尼撒战争史》。"

修昔底德会很欣慰的，他的著作竟有如此实际而温馨的功效。而一个成年读者，将发现来自伯罗奔尼撒的消息与现实生活的距离可以这么近。这种"近"让人恍然醒悟，在将近2500年的漫长历史中，人类其实并没有走出很远。

关于修昔底德，仅约略可知，他曾在色雷斯经营自家的金矿，曾被选为雅典的将军，在他所记录的这场战争中，曾亲率7条战舰参战。虽然他救援了其中一座城市，但却因为其他人的过错被流放了20年。因为这本书戛然而止，不少古代作家都猜测，他是被刺杀的。

伯罗奔尼撒的消息，有四分之一的篇幅是通过演说辞传达的。在好莱坞大片中，主角往往会在危机面前先发一通弘扬普世价值的英雄主义演说，让人流泪握拳。古希腊人的演讲，许多段落可以一字不改地被编剧引用。而演说者对人性的洞察与对听众智力的尊重，却是很多编剧所不及的：

"人们对于法律的差错比对于暴力的虐待，似乎更觉得愤慨。在第一种情况下，他们认为是受到了平辈的打击；第二种情况下，他们认为是被一个优势者所强迫。"——科林斯人的发言，道尽了人们面对"法治"的心态。

"经历丰富的人谈起这些问题来，都知道正义的标准是以同等的强迫力量为基础的；同时也知道，强者能够做他们有权力做的一切，弱者只能接受他们必须接受的一切。"——这就是雅典人眼中的"国际关系"，所谓弱国无外交。

战争爆发前，当几个城邦代表长篇演说结束后，斯巴达人的最后通牒简单酷毙："斯巴达希望和平。现在和平还是有希望的，只要你们愿意给予希腊人以自由。"——在这份贵族气质衬托下，雅典人更像是"民主话痨"。

雅典首席将军伯里克利在阵亡将士国葬典礼上说："颂扬他们（指阵亡将士），只有在一定的界线以内，才能使人容忍；这个界线就是一个人还相信他所听到的事务中，有一些他自己也可以做到。一旦超出了这个界线，人们就会嫉妒和怀疑了。"——这值得宣传战线的从业人员引以为戒。

战争期间，雅典发生了瘟疫，情况艰难。雅典人开始谴责伯里克利，说他不应劝他们作战，认为一切不幸都应由他负责，把所有的愤怒都转移到他身上。伯里克利在民众会议上说："你们正在攻击我，因为我曾主张战争；同时也攻击你们自己，因为你们自己也表决赞成战争。……在这一切事物中,只有这一件(指瘟疫)是我们所没有预料到的。我知道我之所以失掉人心,大部分是由于这一件事。这是很不公平的,除非你们把将来所遇到的每一件幸运也都归功于我。"

尽管如此,对伯里克利的恶感还是普遍存在,直到雅典人判处伯里克利一笔罚款,他们才心满意足了。但是不久之后,他们又选举他作将军,把一切事务都交给他处理。以国家的公共需要而论,他们知道伯里克利是他们之中最有才能的人。——以上情节,是一幅真实生动的民主治国的场景,不乏幽默。

以下是修昔底德对革命的描述:战争时期,许多城邦都发生了革命。革命常常引起灾殃——只要人性不变,灾殃现在发生,将来永远也会发生……在那些革命发生较迟的地方,因为知道了别处以前发生的事情,引起许多革命热忱的新的暴行,表现于夺取政权方法上的处心积虑和闻所未闻的残酷报复上。

……中庸思想只是软弱的外衣,从各方面了解一个问题的能力,就是表现他完全不适于行动。猛烈的热忱是真正丈夫的标志,阴谋对付敌人是完全合法的自卫。凡是主张激烈的人总是被信任,凡是反对他们的人总是受到猜疑。……总之,先发制人,以反对那些正将要作恶和揭发任何根本无意作恶的人,都同样地受到鼓励。家族关系不如党派关系强固,因为党员更愿意为着任何理由,趋于极端而不辞。……至于抱着温和观点的公民,他们受到两个极端党派(指民主党和贵族党)的摧残,不是因为他们没有参加斗争,就是因为嫉妒他们可能逃脱灾难而生存下去。革命的结果,是整个希腊世界中品性普遍堕落了。——1990年代，中国有学者提出要"告别革命"。

另一类消息，来自战争本身。彼奥提亚人采用了一种机械攻克第力安要塞。这种机械的构造是：把一根很大的树梁锯作两半，将两半的中间凿空，然后再紧密合拢成一根管子。树梁的一端，用铁索系着一个大锅，从树梁的空处插入一根铁管，弯入锅中。树梁的表面用铁皮包着。他们用马车把机械运到木材搭建的城墙下，把鼓风箱插入树梁的一端，鼓风入内。铁管内的风直吹到锅里，锅内装满了已经燃烧的煤炭、硫黄和松脂。于是巨大的火焰使城墙燃烧起来，最终被攻陷。——读后感就一个字：笨。《孙子兵法》、《墨子》等都有专门章节讲述火攻，田单的火牛阵即是一例。雅典最强大的是海军，在海上，他们就聪明多了。

海洋文明与大陆文明的区别也可见于"长城"的应用。古希腊人修建长城多是为了围困港口城市，切断其陆地上的给养，海军则以舰队切断海上补给线。在导致雅典惨败的西西里远征中，一个转折点就是，叙拉古人成功修建了穿过雅典的围困城墙的横截城墙，打破了雅典军队的包围。长城的建筑，是一种积极的进攻战术。

对于一个4岁的孩子来说，这些成人世界的信息，足以让他睡着了。而对于成年人，或许也管用吧——对牛讲鱼的消息，牛会兴奋，还是会睡觉？

黑泽明说

我见过太多比我更喜爱电影的人。他们或者痴迷于某个导演，而大费周折搜齐他所有的作品，或者痴迷于某部电影，而一遍又一遍地重温每个细节。另有人，痴迷于一种气氛，一个人窝在沙发的黑暗里或是裹紧被子靠着床头，看碟到天明，而毫不提及，他看的是哪个导演的什么片子。

因此对于这本黑泽明的自传《蛤蟆的油》，我将提供一份几乎与电影无关的阅读笔记。

黑泽明开始做导演的时候正值日本处于战争时期，对于言论自由的受限，黑泽明愤怒得几度提及。所有的电影都要交内务省的检察官审核。检察官们动不动就说导演模仿美国或英国的一套。其中一个情节是一个日本人为一位菲律宾女同事过生日，检察官认为这是英美的一套——

我问他："庆祝生日不行吗？"

检察官说："庆祝生日这种行为基本上是英美的生活方式，现在写这种场面，真是岂有此理！"

我说，那么庆祝天皇生日的天长节，作为国家规定的节日，这是不是英美习惯、岂有此理的行为呢？

检察官当时脸色苍白。结果，片子遭到彻底否定。

他们把外国电影里的接吻镜头全部剪掉，凡是女人光着脚或露膝的画面，也一律剪掉。把剧本中"工厂的大门敞开胸怀，等待着前来义务劳动的学生们"的词句，说成是淫秽。

黑泽明对他们的评价颇高，认为这些人是"天才的色情狂"。"我和朋友们立下共同誓约，如果真的到了一亿人'玉碎'的局面，我们就到内务省门前集合，把他们杀光之后再去死。"黑泽明说，"把他们杀光之后再去死"，并非不参加"玉碎"。

在处女作《姿三四郎》的审片会上，连在场的小杂役都有杯咖啡喝，黑泽明却枯坐在那里，好像拍这部电影是犯了弥天大罪。检察官照例说作品是模仿英美的，口气纯粹是官老爷的指示，絮絮叨叨，没完没了。黑泽明忍无可忍，"我抄起椅子砸你这狗娘养的！"担任专家评审的小津安二郎发言，"以一百分作为满分的话，《姿三四郎》可打一百二十分！"黑泽明说，"直到现在我还感谢小津先生，也因为没有砸那家伙而感到遗憾。"

日本战败后，美军进驻，第一步就把司法警察和检察官开除了。对黑泽明来说，这比什么都值得高兴。"战争期间，我对军国主义是没有抵抗的。很遗憾，不能不老实说，我没有积极抵抗的勇气，只有适当地迎合或者逃避。这是可耻的……所以，我没有大言不惭地批判战争时期诸种事实的资格。战后的自由主义和民主主义，都是外力赋予的，并不是靠自己的力量斗争得来的。所以我想，要想把它真正变成自己的东西，就必须认真地学习，谦虚谨慎，必须有重新做起的决心才行。"

1945年8月15日，宣读天皇诏书的时候，街上气氛非常紧张，"真有一亿人宁为玉碎的觉悟一般"。然而听完诏书回家的路上，气氛全变了，人们仿佛处于节日前夜，喜不自胜。"这究竟是日本人性格中的伸缩性呢，还是软弱性？我只能认为，至少有这两个方面。我自己身上也有。……我们接受了以看重自我为恶行、以抛弃自我为良知的教育……我想，没有自我完善，那就永远也不会有自由主义、民主主义。我战后的第一部作品，就是以这样的自我为主题的。"

《罗生门》获威尼斯电影节金狮奖、美国奥斯卡金像奖后，"日本的评论家们却说，这两个奖不过是评奖者出于对东洋式的异国情调好奇的结果。我百思不得其解。本民族人为什么对于本民族的存在毫无自信呢？为什么对异域的东西就那么尊重，对于自己的东西就那么轻视呢？……只能说，这是可悲的国民性。"

至此，作为一个读者，我的兴趣点暴露无遗。中日两国的国民性是如此不同还是竟然相似？抑或是世界各处的权力与庸人都面目雷同？

当然，除了不关注电影，我还是一个关注人生的读者。同事提醒黑泽明，是否该结婚了？黑泽明说，对象呢？对曰，矢口不是挺好吗？黑泽明也觉得不错，于是去求婚，为推动婚事还托了一个要好的朋友帮忙成全好事——

我实在等得不耐烦了,就对矢口说,你到底是行还是不行,就说个痛快话吧。她说:"最近几天就答复你。"下一次见面时,她交给我一大叠信,说:"你看看吧,我怎么能和这样的人结婚呢?"那些信是我托的那个朋友写给矢口的……全是骂我的。此人在骂人上堪称天才……

矢口的母亲看了那些信问她:"骂人的人和相信那人并一直挨他骂的那人,两者你相信哪个?"结果,矢口就和我结了婚。

很多电影人拥有比黑泽明浪漫太多的感情故事了。只是这段因缘的那股劲儿,很对我的胃口。

我的人生道路,也在黑泽明的回忆中被拓宽了。黑泽明说,《罗生门》开拍前,制片厂的三位副导演读过剧本后来见他。一问才知,"他们是看不懂剧本究竟说明什么问题,特意前来请我说明一下。我说,好好读一读就能懂。我认为我写得很明白,希望你们再仔细读一读。"他们还是不走,说确实下工夫读了,还是不懂,所以才来拜访。

听了黑泽明对剧本的简单解释后,两位副导演理解了,剩下那位,仍无法理解,面带愠色地走了。

我觉得,如果眼下这份工没得做了,我没准还能混个副导演当当,而且,还可能是《罗生门》的副导演啊,因为我至少看懂了黑泽明想说什么。

吾儒

1938年,中日战事正酣,浙江大学南迁至江西泰和。马一浮从杭州避寇亦来此地,浙大校长竺可桢遂设国学讲座,请马一浮讲学。

马一浮何许人也?近代大潮激荡之下,儒家一脉最后溅起三朵浪花:梁漱溟、熊十力、马一浮。据说,梁以笃行胜,熊以思辨胜,马以学问见识胜。最闻名的桥段,要算梁与毛公当堂对阵,幽幽道出一句"匹夫不可夺志"。另两人遭际毫不逊色,而知者寡。熊在上海见陈毅,当场大放悲声,"吾道不传啊"。彼时的文化政策之一就是要把遗老们养起来,等人死了,东西自然也就绝根了,连改造的力气都省了。

苏联领导人来访,不知从哪打听到马的名字,执意登门探访,问其每日做什么,答曰"读书而已"。当红卫兵把马一浮的字画书籍尽数毁抢,老人要求留下一方砚台写字用,当场被抽一记耳光,马只感慨"斯文扫地,斯文扫地"。红卫兵当然不知道,中国的第一本德文原版《资本论》,就是挨抽的这位老马从德国带回来的。

要论马一浮的博学，仅举一例——李叔同曾对他的学生丰子恺说："假定有一个人，生出来就读书，而且每天读两本，而且读了就会背诵，读到马先生的年纪，所读的还不及马先生之多。"与那个年代杰出的中国知识人一样，线装书读得多已经不稀奇，马先生留学美日的经历自不待言，且英、法、日、德、拉丁文皆通。

不知浙大诸生是否曾暗自庆幸。要知道，蔡元培曾以北大文科学长相邀，马一浮回之以"古闻来学，未闻往教"，遂不行。马一浮在浙大的讲稿集成一册《泰和会语》刊布于世，被认为是中国文化哲学的代表作。

当是时，黑云摧城，马先生单拈出横渠四句教"为天地立心，为生民立命，为往圣继绝学，为万世开太平"，以赠浙大诸生。先生直言，"依此立志，方能堂堂的做一个人。须知人人有此责任，人人具此力量。切莫自己诿卸，自己菲薄"。真有地动天倾，赖以柱其间的气象。

"国家方当危难之时，其需材也亦亟矣。诸生思求服务之志亦勤矣。诸生但求无负其所学，而不期于必用。斯其在己者重，而在人者轻。无失志之患，而有进德之益。在艰苦蹇难之中，养成刚大弘毅之质，其必有济矣。"以上所赠浙大诸生寥寥数语，检索其后中国知识人自求有用于国家、民族的经历，让人无限感慨。

国难当头，如今欲问"如何立国致用？"先生则告之曰："汝且立身行己。"管他什么立场，强分什么左右派，先要把人做好了，何愁民不生、族不存、国不立？！

对比梁漱溟"吾曹不出苍生何"的自负，马自谦一介书生，难当大任。终生只做读书的隐士，发愿刻书，多刻一本，即是为中国文化多留一颗火种。

说到底，一个民族除了有别于人的本族群的文化与心理积淀，怎么可能与另一群人相区别呢？某个主义并非中国的文化标签，而某个主义之所以能在中国生根存活壮大，倒有中国的文化因素，是亟待清理的文化现实。

生存环境与政治话语的逼迫与塑造之下，今日的民族主义者几乎沦为政治激荡的产物，日益单薄却旺盛地生存着。要知道，在信息之网上的交流与碰撞之前，"我"已经先于这一切而存在了。"我"有我之所思所爱，不愁别人不了解，但求自己身上真的有值得人了解之处（"不患人不己知，求为可知也"）。被丢失的"我"，不是只能在文化中安顿下来吗？黑头发黄皮肤的种族，或者仅是利益一致的群体，这样的所谓民族对心灵来说，有何吸引？

人生百年如白驹过隙，而人性互为渊薮，只敢求一消极自由，令人悲而不暇。或如马一浮遍览中西之后所悟：六艺该摄诸学，西学亦统于六艺。实因一切学术皆发于心，六艺实由吾心流出。初看惊其狂妄，而后渐觉其心，乃是人类中另外的一小撮，语默之间，目光遥迢。

物来顺应，循于理，不着于私。而有人或要跳将出来高声质问：谁来判断是否循于理，如何避免不落入独断专行，不自命真理在手而强暴他人？学得前辈样子，且回他：汝但去做，做到需分辨处再提这层意思,自有了断。或许终身照此行事,而终身未遇需辨明此一分别的境地。终身受制于此,而遂终身不行此道。若循理解释,先儒之学立身在一"诚"字,不能分辨处反心自问即可;再穷究下去,文化根子上便是相信性善,相信人人皆有自我完善的可能。苟如此,选民的素质,也就成不了民主难行的借口了。

置身中国,稍有聪明,复沾染经济学习气,动辄以"理性经济人"、"自利人"论说处世,怎一俗字了得。自由主义也好,社群主义也罢,说到底是人群里的学问,聚众之群,难行深邃之理,不过是要保证最坏最傻的那两个人不出什么纰漏,你吃肉时我也能喝汤,最终为货币的增值与分配开路。

天忽落雨,那先落的、后落的,俱入天地毂中。

关于杨过

杨过人生的基本问题在于他的名字不是自己父母起的,而是郭靖给的。实心眼的郭靖让刚生下来的杨过替他父亲"改之",希望杨过长大后不要像他父亲杨康一样。这里面暗含一种微妙的代偿心理,杨过生下来就毫无来由的不仅替父亲挨数落,还供郭靖等一甘与杨康关系密切的侠义人士泄愤并缓解内疚。杨过就像一个按时出现的学生,被老师一通骂,因为竟然有孩子迟到,而且这个孩子永远也不会到了。所以准时的学生要被骂很久。

杨过遇见郭靖后的一系列遭遇,很大程度上因为黄蓉一开始就忌惮他的聪明,深恐他本性如父,习性难改。但随后我们就发现,在杨过或因心结难解或因生命受人辖制而要不利于郭靖一家时,每每在关键处勒马。恰恰是被黄蓉所忌惮的本性,在电光闪动的瞬间使他无法做出不义之举。所以,在杨过身上,所谓心结是环境外加于他的,曾经扭曲过他的力量,但最终没能得逞。

浪漫主义的金庸使杨过成功摆脱了家庭背景的阶级束缚,成为顶级高手"西狂",并以为郭二小姐祝寿的活动告诉读者,杨过在某种程度上已经拥有了其父百般奢望的权力（当然不是政治权力，但该权力的合理性更高）。不像信奉现实主义的哈代，在《无名的裘德》里让裘德毕生努力，最终实现的仅仅是住所离大学近了一些，如果工作不忙的话可以经常在大学的墙外散步，代价却是妻离子散。

杨过之所以能够避免成为赤贫的第一代，靠的还是重建上一辈的社会关系。这是杨过的幸运之处。如果杨过没能建立这种联系，他的后代就将彻底陷入贫穷的代际遗传。一个链条的第一环是最容易改变的，可敬可叹可怜的裘德已经是贫穷的链条上数不清的第N环了，他的确是无名的，实在无力抖动整条铁链。

杨过的另一本性是为人自带三分轻薄态度，为此惹得众美女倾心，以至于到后来为减少麻烦竟然要戴着人皮面具行走江湖。这说明有趣的人在宋朝的礼教氛围里是多么难得，也说明浪漫的需求其实一直扎根在广大少女心中，连新生代美少女郭二小姐都不例外。

最有意思的是中年美妇郭家大小姐竟然也在书末反思出自己其实一直对杨过暗怀渴望，并因不获青睐而性情乖戾。可见，只要不像黄蓉那么精明，很难不爱上杨过的。黄蓉的聪明就在于不以一时的小聪明为标准择偶。爱上杨过的风险比爱上当年的杨康还大，杨过年青时的不稳定，既可能爱上他人，也可能在江湖上突遭变故。

杨过是独自成熟的。在他等待小龙女的漫长的十六年里，他从翩翩少年变为男人，以他的天性，独自成长是最大限度保有童真的方式，因为成熟不过是适应群体生活而已。他的武功进步很快，除了天赋与际遇外，还因为寂寞。寂寞意味着有足够的练功时间，意味着童子身未破。

十六年的另外一个作用就在于，分离的十六年，黯然销魂的十六年，也是杨过释放本性中对世界好奇的十六年。杨过自己由着性子玩了十六年后，终于对世界不再好奇，甘心情愿陪小龙女回到古墓。如果当年他们没有波折地回到古墓，杨过是否能耐住寂寞是很难预料的。

深夜再读杨过，不为解构爱情。郭靖与黄蓉的伟大爱情，虽然也曾遭遇阻挠并在自我证明的过程中加深，但其更深刻的存在理由却是：爱人共同面临并努力解决重大的问题——汉民族的救亡。单为保卫襄阳，夫妻就并肩战斗了数年。"侠之大者，为国为民"，在更高的意义照耀下，他们幸福地走在路上。

回头看杨过与小龙女，他们的爱情其实是将郭黄之爱的前期挫折阶段拉长的一个扩充版，"我的结发妻子，在大海那边不得相见"。"我只关心我的过儿，旁人的死活我不管"，小龙女的眼里，"只有杨过一个"。他们像两只小动物一样恋爱，幸好他们有牙齿，才得以回到窝里自生自灭，与人无涉。爱情在一个漫长的考验中成长为强大的自足物，"人生不如意事，十之八九"，正是挫折，使他们爱得更有意义，爱得不需要旁的意义。

结尾处他们重返古墓后的生活也像动物般隐秘，金庸在后面的小说中只简单提及古墓的后人出现过,虽然读者觉得不过瘾,但故事已经无法续写了。因为在成年人的童话里,最大的浪漫就是反社会,所以摇滚乐浪漫、格瓦拉浪漫、革命浪漫。而真正最真实的浪漫是信仰,"四面受敌,却不被困住;心里作难,却不至失望;遭逼迫,却不被丢弃;打倒了,却不至死亡",身在世界,盼望永恒。

由此观之,对于金庸笔下的男女们来说,只要他们朦胧中意识到当他们过于关注爱情他们反而会失去爱情,就像过于关注自我反而会迷失自我一样,就已经最大限度地接近了真浪漫。

兰圃与卡尔维诺的树男

在某个时候，我们不理智地企图进入一本书，幻想从中找到被周围世界的困扰包围的解决之道。往往是一些小说，被我这样强求过，这似乎表明，比喻式的讲解更容易被人接受；面对问题时，我们需要现场感。当然，这也表明，我们正处在最虚弱的时刻，已经丧失了阅读哲学、伦理类作品所需的能力。

但任何一本书，都将带你进入一个陌生的世界，就像《黑客帝国》里惊慌的人们推开一扇门后发现的：那是一处与你脚下所在完全不同的隐秘天地，流云怒转，树高风飘。这个严重不同的世界与你的当下能否成为彼此映衬的互文，在书中或者发现相似的体会，或者找到对立的情况，你都会觉得愉快。于是在并不成功地解决了现实问题之后，我们终于醒悟自己把关系整个地搞"倒颠"了，并非小说为生活提供帮助，反而是生活阅历帮助我们体贴而跳脱地享受阅读之乐。

年青的柯西谟男爵在18岁时体会到讲故事的虚构之乐，"对柯西谟那般年纪的少年来说，说故事的欲望仍然为生活带来冲劲；

他们觉得自己的生活仍然不够丰富，尚不足以成为故事的材料。为了说出更多更妙的故事，柯西谟会离群远行好几个星期……"生活曾经是为了讲述，在精彩的讲述已足够多的如今，生活似乎是为了阅读。

小说当然也能帮助我们，同在《树上的男爵》中，就像被阅读改变了性情的土匪吉安一样，临刑前，这个曾经心狠手辣的大盗竟然就他还没有读完的一部小说向我们的男爵提问："告诉我故事的结局吧？""我很难过，他最后是被吊死的"；"谢谢你。所以他和我一样。再见"。吉安踢开脚下的梯子，绳圈将他的脖子紧紧勒住。

这是一部好小说，比如我想将上面的片段概括成"阅读可以抚慰人"、"阅读对人的塑造力量仅次于遗传基因"、"腹有诗书气自华"等中心思想，但这种概括明显是对原文的伤害。好的小说是诗，散文类小说缺乏拒绝概括的底气，被概括表明在与读者的智力对抗中，作者落败。

在对卡尔维诺断断续续两年的阅读之后，在这个"十一"之前，我感觉不把读后感写出来就不舒服，对美好的东西不加赞扬简直就是罪过。所以再次来到广州的兰圃捧读《树上的男爵》，在这里，没有哪一本书比它更适合被阅读。当我发现这一点后，就决定把老卡的其他东西暂放一旁，在兰圃高高低低的树间，就着层层蔓蔓的叶缝里漏下的天光，第三次跟随翁勃萨的柯西谟男爵，重温他从12岁到65岁的树上生涯。

兰圃的橡树高大粗壮，我掩书幻想着男爵怎样一枝一枝爬上树颠，保持平衡，在郁闷不堪时随风远眺。但橡树上垂下的藤萝却是书中没有提及的，想必与华南的亚热带季风性湿润气候不同，地中海滨的森林里少见野生藤类，那里只有作为主要经济作物的葡萄园。否则，男爵在树间的移动就可以更自由，而不必在无法攀缘时借助绳索荡来荡去。如果在兰圃，男爵的生活一定会更舒适一些，这也是广州这所城市的特点。

只是东边就立着环城高速的高架桥，在车马声闻的浓荫里，兰圃就如时光中幽秘的隧道。如果一旦妥协，走下树梢，男爵将拥有最便捷的交通条件，直达马可波罗时代就已是中国大港的广州最繁华的闹市街区。北京路上，两处古道与城门遗址在明亮耀眼的玻璃罩反光下，吹去宋元明三朝至今的千载积尘，铺展它依旧青幽内敛的条石纹路。毫无疑问，它们与兰圃曲径相通。真的吗，在这里，在广州，下树也不意味着放弃抵抗？——

"……你们离开之后，我仍然要留在树上！"

"所以你想退出了？"伯爵惊呼。

"不，我想要抵抗。"男爵答道。

遍搜网上，大陆对卡尔维诺的研究评述实在太少。仅有中大一位老师几年前在一篇长文里，毫不掩饰对卡氏的偏爱与用心，或许这就是广州与卡尔维诺的缘分。北京城以前爱读《约翰·克利斯朵夫》的人多，上海读什么呢？《围城》还是张爱玲？

南京有个译林出版社，出了一套大陆最全的卡尔维诺作品集。

对照台湾版的译文，显出大陆的翻译人对语言美的不解风情，像个青涩的少年。在收录《树上的男爵》的册子里，漏掉了作者亲笔的总序。看过这篇序言的人如我，很难原谅这种漏失。

在遗失的序言中，关于《树上的男爵》，老卡是这样自述的："《树上的男爵》的题旨则包括孤立、疏远、人际关系的困顿……探讨了知识分子在理想幻灭的时候，该如何在政治洪流中知所进退。"而该篇与同为《我们的祖先》的另外两部作品一样，"故事的起点都是非常简单、非常鲜明的意象或情境：劈成两半的男子……爬到树上的男孩不愿意下来……一具中空的甲胄自认为是一名男子……这些故事由意象滋长出来，而不是来自我想要阐述的理念；意象在故事之中的发展，也全凭故事的内在逻辑。这些故事的意义——准确地说，这些故事以意象为基础而衍生的意义网络——总是有点不确定的；我们无法坚持一种毫无疑义的、强制认可的诠释。"

在序言的末尾，卡尔维诺说，"此三部曲可以为当代人类描画出一幅家谱。所以，我把这3本书合并重印于一册，称为《我们的祖先》：如此，可以让我的读者浏览一场肖像画展，从画像中或许可以辨识出自己的特征，奇癖，以及执迷。"几回开卷之后，听到这最末的话音，不禁又沉迷在兰圃的林下风中。

在上世纪90年代大陆才注意到卡氏之前，那位两度获台湾联合报系中篇小说奖的王小波却秘密地把卡尔维诺视为独享的宝藏。在供认文学师承的短文里，小波说："有位意大利朋友告诉我说,卡尔维诺的小说读起来极为悦耳,像一串清脆的珠子洒落于地。"在漏失的序言中,卡氏也自称:"我一读再读某些作家的小说,也不知不觉将他们视为榜样——史蒂文生就是其中一位……史蒂文生运用他那准确而几无瑕疵的文体,以及他那舞步一般既激越又节制的韵律,将这看不见的文本其中精华加以翻译。"可见,卡氏重视语感之美素有渊源。而译林版本最大的缺陷就是丢失了悦耳的韵律,几乎可以肯定,译者对中文诗歌未曾有过入心的阅读体验。

每一种语言的杰出诗篇都是将该种语言使用到最准确生动精练之极限的典范。卡尔维诺虽然不像博尔赫斯一样同享诗名,但他无疑对诗歌之美淫浸颇深。这从他在1985年去世前未竟的"文学遗嘱"——《未来千年文学备忘录》中对诗歌的引证分析可见一斑,意大利的作家是不会轻易放弃对但丁的传承的。

61岁的卡尔维诺生命最后的备忘录,其实也是对自己毕生创作信条的总结。对照《千年备忘》重读《树上的男爵》,在这部34岁时的作品中,卡氏所重视的文学价值标准诸如:轻逸、迅速、确切、易见、繁复都已经在书中得到完整地实践。而这一过程标志性地始于他29岁时在《分成两半的子爵》中的运用,而在写于49岁的《看不见的城市》中,文学的轻逸之美近于极致。此后的几部小说在叙事技巧上更具创新,例如在《如果在冬夜,一个旅人》中所做的后设式探索,其实在《树上的男爵》中已经隐约可见。

卡尔维诺文学转向最关键的年头正是他搜集整理意大利童话期间。在创作《我们的祖先》的同时，他一直在研究民间故事和童话。可以说，未来文学的价值标准我们恰恰可以在最传统的意大利童话中找到。《树上的男爵》明显可见作者取自民间故事的叙事技巧和节奏、童话的夸张和省略，大师的根毕竟扎在自家的土里。

在我们的土地上，我们的花开得自信，所以它们美丽。兰圃的荷塘里，睡莲如睡，洁白地慵懒在圆大如床的莲叶上，轻陈肉欲之美，如另一意大利俊男莫迪利亚尼的裸妇。一只萤绿的翠鸟，急速掠过水面，擦燃意识边缘一道亮蓝的闪电。池边的乌桕苍颈探波，让人想起男爵站在溪边枝头取水的情景。鱼木的秀美是男爵所没有接触到的，树体修柔，树纹如眼风，虽静立而若漾动。

父母均为植物学家的卡尔维诺，在阿尔卑斯山脚下、地中海畔充满绿色的意大利里维埃拉省长大，借《树上的男爵》，老卡神思悠然，抚今追昔，溯时间而飘远，到他迷恋的18世纪。无怪乎台湾版的译者纪大伟先生感慨，在《我们的祖先》三部曲中，以该部最为耐读，老卡未敢忘情也。

在秀美雅致不及兰圃，而阔大粗犷实尤过之的翁勃萨的树上世界，男爵渔猎、阅读、成长、甚至也恋爱、也偷情。在阅读中他初感与周围世界的疏离，继而重新发觉世界之美，然后渴望运用知识对世界有所助益。十六七岁他既己学会从他人的处世之道中反观诸己，18岁就懂得把握事物的实质，20岁因性压抑而第一次提笔写作。

　　25岁时，他"不知道自己想要什么"而遭遇一生最剧烈的爱情，"他们来到一丛突出于悬崖的橄榄树上。方才他们……只见细碎错杂的枝叶，来到橄榄树顶之后，他们赫然看见海洋，沉静光明，豁然开朗。海平面无垠开阔，海蓝色平整空旷，连一艘船也看不见，甚至他们也数不出有无波浪。只不过偶有一阵轻微骚动扫过滩上圆石，宛如一声叹息。他们看呆了……"爱情就要放弃自己，还是"全心全力做好自己"？如花美眷终成纷飞燕，男爵终成一个与人群互动共存、熟知人类本质局限、乐于贡献却为而不恃的智者。

那些形象

我要谈的那些形象，他们以我阅读的顺序先后出场：拉里、克乃西特和雷蒙。他们分别来自毛姆的《刀锋》、黑塞的《玻璃球游戏》、凯鲁亚克的《达摩流浪者》。为什么他们会纠缠在我的脑子里——他们是一系列出现在西方作品中的深受东方文化影响的形象。

1996年我与毛姆初次相逢在《刀锋》里，我非常喜欢这本书，自己都觉得喜欢得没道理，于是写了篇两千字的笔记找原因。我企图模仿一个中文系研究生的脑袋来解剖它，大声对自己说你看，毛姆多老道，他的词语他的技巧。就在我话声落地的时候，我发现自己并不是一个中文系的科班生，我对客观地进入一本书没兴趣，我沮丧而又欣慰地在两千字的结尾补上了一行：或许人们喜欢一本书是因为某些不足为外人道的更私人的理由。

拉里这个美国孩子一战中志愿飞到欧洲的天空上作战，他最好的朋友死在他的眼前，他困惑于世界为什么有恶。战后拒绝工作，凭借一份每年3000元的遗产年金在欧亚各地读书、游荡，在他决定这样做的开始，青梅竹马的女友在巴黎的一间小阁楼里留给他一个坚决的背影,最后在印度,拉里找到了安心之道。卷首引语来自《奥义书》:剃刀锋利,越之不易;智者有云,得度人稀。

其他几个人的故事我懒得复述了,复述是对美好感觉的杀戮。我要直接说出并列这些形象的理由。

除了拉里之外的三本书作者,都极大地把自己的生活和思考投入到小说之中。《玻璃球游戏》是黑塞企图融会东西方文化努力了十二年的压卷之作,1943年全部发表,1945年希特勒灭亡,1946年他凭此获得诺贝尔奖。书中中国古代思想的影响随处可见。《达摩流浪者》的禅意从题目即知,扉页题献给寒山子。如果说塞林格的《麦田里的守望者》只是作为青春童话还没有明显表露出受到禅宗思想的影响(虽然据说他当时已经在研读),那么在《弗兰尼》系列中出现的每个主人公都已经多少带上了禅师的影子。

这些闪烁着东方光亮的西天星斗挂在天上并不是为了向宇宙昭示东方的伟大,看见人家的宝贝就嚷着"古已有之"的中国人早就被鲁迅骂得现了形。朦胧的光亮甚至也不意味着希望和方向,迷人的是在这种努力中彰显的主体的情怀和他带给我们的对自己文化的反思。凯鲁亚克的人物这样说道:正当我们亟亟于成为一个东方人的同时,真正的东方人在读着超现实主义和达尔文的东西,而且爱死了西装。

让我们看看这些人从东方收获了什么。据周煦良先生的介绍,拉里的原形竟是维特根斯坦,我承认两者都追求建筑于精神领域的幸福,同样都过着朴素严谨的生活,我在资料里看到维氏哲学受到东方影响的提法。我更注意的是，小说中拉里刀锋逾越之后并没有去做世外高人，而是充满热情地扑向世俗世界，拒绝脱离轮回，"我愿意接受形形色色的生活，不管它是怎样忧伤痛苦"，"要生活在世界上，爱这世界上的一切"。《达摩流浪者》里，在孤凉峰上度过了一个夏天的雷蒙对自己说，"好吧，世界，我会去爱你的"，然后转身，走下山径，往世界回转回去。而克乃西特在诗里写道，"我们在虚空中旋转，无灾无难。我们自在生活，时刻准备游戏，但我们暗暗地渴望现实，渴望生育、繁殖，渴望受苦、死亡"，在玻璃球游戏的理想国乐园中，克乃西特思念着世俗世界充满活力的风，徒步旅行两天之后他终于进入了真实的当下，虽然随后迎接他的是彼岸的微笑，但"他必兴旺，我必衰颓"，死亡就是播种。

至此，事情接近明了了，这个东方几乎已不再是我们的东方，他确确实实地是西方人歌唱的东方歌谣。你甚至可以指责这是误读，但正是在误读中，人们彰显出自己，世界永远像需要正确一样需要错误。有书斋里的顿悟吗，有不入红尘的看破吗，有不经过痛苦的平和吗，有省略了信仰的怀疑或省略了怀疑的信仰吗，有大步跨过奋斗的超然与洒脱吗？有，在我们身边随处可见。

在拉里、克乃西特和雷蒙身上，我们看到他们无论路过什么风景，即使绝望，却依然希望。东方作品中的人物与其相比，如果有力量难免显得莽撞，有才华则欠缺明亮，有忍耐的就不免沦为狡猾，有智慧的则也足够自私和冷漠，缺乏一份骨子里的力量。向仿佛上敞开之路被堵塞了，需要来自世界之外的光照。

董贝怎么可能幸福？

董贝是《董贝父子》的主人公，这个狄更斯笔下的人物，是风光一时的董贝父子公司的老板，据说是"19世纪企业精神"的象征。

说到企业，先得比规模，在董贝眼中，"世界是为了董贝父子经商而创造的，太阳和月亮是为了给他们光亮而创造的。河川和海洋是为了让他们航船而构成的；虹霓使他们有逢到好天气的希望；风的顺逆影响他们实业的成败……"，他的公司称霸四海，以至于董贝自认是世界的中心。看这气势，怎么着也不比真功夫小。而这个1840年代领全球资本主义发展之先的企业家，遇到的最大问题是如何为他的家族企业寻找继承人。为了生个堪当大任的儿子，董贝精心购买了自己的第二次婚姻，而这正是他事业与人生崩溃的开始。

网络、风投，这些今天中国富豪们嘴里的名词，董贝听都没听过的。但人们为之困扰的问题，其实最彻底地暴露了他们所处的真实阶段。从家族企业内部对财富继承与财富分配的纠结与冲突来看，2010年代的中国商人仍然在为董贝在170年前所痛苦的事情寻求解决之道。解决得不好，夫妻反目或者兄弟阋墙的例子不在少数。而整本《董贝父子》，与其说在讲述富翁的商海风云，不如说在告诉我们，把商业逻辑引入家庭所导致的不幸。

如恩格斯所说，董贝是一个"除了快快发财以外，不知道世界上还有别的快乐"的人，当他的贸易帝国土崩瓦解、失去了唯一的快乐来源之后，董贝举刀自杀。但女儿却用爱感化了他，他最终认识到自己是有罪的，"需要得到宽恕"，随之步入幸福的晚年。

乍听起来，今天的中国富商或许该羡慕英国前辈重获幸福的运气，但必须负责任地追问一句，董贝的幸福如何可能？原本已经与资本"人剑合一"的董贝，怎么可能好像换了一个人一样？

这个提问并不苛刻，早就有人认为，董贝的转变毁了一本出色的小说，董贝的幸福是浅薄无力的，因为他根本没有解决家族企业面临的核心矛盾。换个角度说，他们不相信董贝在失去公司、失去财富之后还有可能幸福，他们也不相信那种唤醒董贝的爱，他们认为让爱出场显得很蹩脚，还不如设计成——董贝中了彩票，解决了债务危机，公司于是免于破产，他又娶了一房和自己女儿差不多年纪的娇妻——更有说服力。

决定人们想象力边界的是他的价值观。董贝在最窘迫的时候，看到了人生的真相。其实我们常常都会被带到一个环境里，显出我们最深刻的内心需要，显出我们的本来面目，让我们无可推诿，

"退潮的时候,才知道谁在裸泳"。这恰恰是改变的机会。我们不求离开世界,只求不被世界的冰冷所制。当然,我们有选择的自由,或者任凭败坏的部分在我们生命里扩散,或者像董贝一样,承认自己的过犯,把生命的锚挂在他原先生存的平面之外的点上,因着这种联合,他得以更新生命,幸福因此成为可能。

而对于依然俯身在这个世界中的人们来说,平面之外的任何事物,几乎都是不可理解的。这个世界不是明明服在金钱支配之下吗?服在物质的规律之下吗?服在市场的法则之下吗?无论小学大学,还是 EMBA 总裁班,都在孜孜不倦地告诉我们这些,恨不得用混凝土把我们的心砌成一座空坟,生怕我们对于灵魂产生一丁点想象力。几乎所有与幸福有关的细节,都被不约而同地省略了。最终,一个人拥有了不受环境、不受金钱影响的幸福的可能,竟然彻底成为一件不可理解之事,好像他不可思议、无可救药地堕落了。

江山易改,本性难移。最大神迹,就是对生命的改变。让我们到历史里寻找另外一个"不可能"的故事,来帮助我们理解董贝的可能。

与董贝同时代的沙夫茨伯里伯爵,通过 60 年的努力,推动国会先后通过煤矿法令——禁止妇女和女孩在井下工作、精神病法令——确保精神病人获得人道对待、十小时工厂法令——管制妇女儿童的工作时间、公共宿舍法令——改善穷苦阶层的住宿条件,他还创立收容所、救济院、"贫民免费学校联盟",被公认为改变了整个英国的社会状况。

1885年他去世的时候，万人空巷，人们举着布条，上面写着"我饿了，你们给我吃"、"我渴了，你们给我喝"、"我赤身露体，你们给我穿"、"我病了，你们看顾我"。这是《圣经·马太福音》里耶稣对门徒说的话，"我实在告诉你们，这些事你们既做在我这弟兄中一个最小的身上，就是做在我身上了"。这是关于爱的教训，无数英国人受益于沙夫茨伯里伯爵对爱的信心，尽管这爱、这信心，无法用理性证明，无法用股权分割，无法委托交易转让。

从18世纪末到19世纪末将近一百年里，发生在英国的宗教大复兴，裨补了工业革命的弊端，大大唤醒了人们的良知，带来废除奴隶制度、监狱改革、抑制赌博、决斗的改变，使英国不至在积累物质财富的过程中，因为尖锐的阶级对立而掀起类似法国大革命的血腥灾难。这为大时代里的个人幸福，提供了一种更广泛的社会可能性。

当董贝沉浸在资产负债表里，浑然不知自己可能拥有另外一种活法，所幸当他主动或被迫从自己的营营役役里抬起头时，被这样的时代氛围所提醒，逃出了经济原理、资本理性对心灵的辖制。

幸福并不需要对金钱弃之如粪土，在家庭关系里也不必耻于言利，人类正常健康的感情并非如此脆弱敏感。只是我们的环境里实在缺少一个合适的声音，让我们信赖的声音，在遭遇纷争、血气乍涌的时候轻轻提醒我们，要爱人用物，而不要爱物用人。

守望时代

深渊上的爬行

转眼间,21世纪开始了它的第一个十年。而作为杂志人,因为出版周期的关系,他迎来了一个又一个错乱的年代交接:当人们怀着各种心情或缱绻或纠缠在2009年的最后一段日子里,他的2009已经提前过去,他装作这一年已经结束的样子,急切地对过去的一年进行盘点,日历上剩下的日期于是沦为多余。而当2010年真正铺展在眼前,他却又成为那个对过去迟迟不肯轻易放手的不识时务者。

我把这称作媒体人的年轮错位。

过去的一年里,陈冠希最后悔的是把电脑拿出去修;周久耕最后悔的是不相信吸烟有害健康;气象局最后悔的是急于邀功说大雪是他们搞来的,忘记了还有200个航班被延误在北京机场;地铁司机最后悔自己在年底闯了个红灯,因为下一站马上就要达到2010年的上海世博。——这是展现在媒体上的现实错位。

有媒体人的错位,就必然有媒体的错位。1月3日,由新华通讯社主办的中国新华新闻电视网正式向海外播报新闻,"使全球受众多一种选择和判断"。中国在融入全球化的过程中,总是作为生产者为他人提供选择,总在表态说,尊重别国人民的选择。遗憾的是,当别国人民不断享受"选择与判断"的同时,对客观的新闻事实与多元的观察视角更加渴求的中国观众却无缘得见其面。这让人联想到中国把孔子学院开遍了全球,但海外学者来中国考察,上泰山下黄河,却找不到一位被认可的儒商。

一年来,"被就业的"人们走在"被幸福的"路上,一句雷人的官话之后,总有更雷人的一句耐心地守候在你人生的下一个路口。看着一份份花尽心思的年终总结,一群灰头土脸的辛苦人站在这个季节里,"守望的啊,夜里如何"?如果只有怨怼、发泄和戏谑,一边与权力调情,一边与读者调情,语多歧义,话带投机,莫非我们身处的这个文化是要鼓励弱者继续坚定地以肉体维权(当那些维权者是我们的亲人呢)?鼓励人们继续抱怨(只因为抱怨是弱者拥有的最确定的权利)?鼓励人们以外伤代替内伤(只因为云南白药好用,而上访者都患了难治的精神病?)

不知不觉中,我们已被年轮错位所伤:所谓提前结束,就是当人们未死时,你已经死了;所谓流连过去,就是当人们开始了新生活,你却还死着。

你先行死亡,因为你是憎恨时间的激进主义者,缺乏忍耐,你无法原谅世界被造成这样,当不法的事增多,你心中却也厌恶增多、猜忌增多、自私增多;你仍然死亡,因为在拥有生命的真理面前你胆怯,在宝贵的追问之后你只收获了怀疑,并成为一个狂热的怀疑主义者。本来，你至少可以成为一个随时准备相信的温柔的怀疑主义者，但因为对终极价值的确信需要灵魂的勇敢，而怀疑只需要一点可怜的智商；因为最终你发现自己做不到问心无愧，索性只求一个心安理得。

当然，你可以自我安慰说，无论如何，每条路都通向死亡。"如临深渊，如履薄冰"，就是走在这条路上的人最真实的感受。这八个字近年来被许多人在诸多场合引用过，言者、闻者想必有相似的体会：立于渊前，能有几人不战兢？

"我们一生都在/——喊——/然后俯向深渊/察探，为何没有回声？"智者或诗人，看21世纪的新十年也将与以往相似，"日光之下所做的一切事，都是虚空，都是捕风"，遂不屑于乐观主义者的肤浅。悲观的确显得聪明而有力，但与其相提并论的其实并非乐观。悲观者的目光只是陷入深渊，却自以为能幸运地一穿而过，看见了真理。

历代所层叠的恶，是地球上密度最高的质量堆积，它能吞噬一切理性的视线，正如广义相对论所预言：光线必被引力场折弯！然而，在恶的深渊背后，在终极价值的高台上，竟有何物不证自存，今在永在？可有谁，能熄灭唐福珍们手中的火苗，对她们说，"温柔的人有福了，被拆迁、被征用房屋田地的你们终必承受地土"？可有谁能对重获自由的许志永说，"为义受逼迫的人有福了"？可有谁能对殉职的城管队员说，"怜恤人的人有福了，因为你们必蒙怜恤"？可有谁能在我们的女儿跳楼自杀之际，牵住她的裙角，只说一句，"傻孩子，多疼啊，难道比活着的疼会轻一些吗"？可有谁能在李庄案的庭审现场，痛心面向所有人，"你们就让民众顺服在如此上演的法律之下吗？人在自己以为可行的事上能不自责，就有福了"。恶无止境，实因善太浅薄。面对恶的深渊，必以善的深渊超临之。哪里的罪恶显多，哪里爱的承诺就加增。爬行动物要幸福，就要心怀翅膀。

"十年天地干戈老，四海苍生痛哭深"。如果老旧的武器不更新换代，民生就难得根本的改善。预备新的干戈，披戴批判与建设的武器，修直弯路，在畸形的物质繁荣之外才能培育超越民族与阶级的国家认同与文化认同，孕育和谐社会。中国，也才能摆脱如履薄冰的爬行宿命，穿越深渊的黑暗，拿到那张进化的门票，搭上一班开往春天的地铁。

媒体在当下的有限责任

2009年关已近,这一年里,中国媒体在诸多关键点上依然探寻着如何在公众需要、自身建设与客观环境之间有所坚持、有所突破之道。

国家主席胡锦涛在世界媒体峰会上表示,高度重视媒体和支持媒体搞好舆论监督,保障人民的知情权、参与权、表达权和监督权,他强调,"树立和秉持高度的社会责任感比以往任何时候都更为重要"。这对于来自身新闻不断的国内媒体,别具意义。

责任,即"分内应做的事"。人们常说,对一件事情、一项事业的责任,而按照朋霍费尔在《伦理学》中的理解,责任并非人对事的责任,本质上,责任乃是人与人的关系。如果一项事业的价值不是服务于人的,对它的责任就会颠倒生命的秩序,成为对人的压制。

从实际出发,人们不得不问何为"分内"?谁来定义"分内"才"恰如其分"?在法治社会,涉及公众知情权等公共领域的责任,如无法条依据进行规定、保障、约束、惩戒,仅以"纪律"

指导，媒体也以此在市场化竞争中自我监督，管理效率很难保证。诚实地说，多年来，市场化的中国媒体还是摸索出了一套生存规则的，只是很难总结出来拿到世界媒体峰会上交流。同时，记者已被列入中国十大高风险职业之一。11月8日是新中国的第十个记者节，这也是业内每逢此时不忘呼吁新闻立法的初衷。

《南风窗》杂志素以"关注公共利益"、"具有责任感"自命，力争与寥寥同侪一道成为中国媒体生态的标志性符号；值此公众和政治家对媒体的社会责任空前关注之际，亦不能不有所思考和警醒。

首先，需要廓清的是，这份社会责任理应是一份有限责任，而不是无限责任。点明此节，不仅是对现实的尊重，同样是为了避免媒体人士陷入自负的陷阱。有时，人们能够明智地认识到自己能力上的有限，但却不肯放弃道义上想为社会承担无限责任的膨胀性冲动。责任与暴力的区别就在于，责任认识到其他人也是负有责任的人。政治家的责任就在于要把被他管理、被他代表的人的负责能力提高，民众的责任能力欠缺不能成为权利虚置的理由。

之所以是有限责任，还因为媒体的出场一开始就处于诸多前置条件的制约下。一家媒体通常可以选择自己的成员，却无法选择自己的对手和管理者。而且，每个组织、每个人的负责任的行为，都必须考虑他所接触的其他人的负责能力。

值得注意的是，无论是新闻自由或是社会稳定，对真正肯负责的人来说，从来就不存在绝对有效的原则，可以让他放弃思考、不顾现实地加以贯彻，他必须做出具体环境下的正当之事。这常常意味着需要他在一件相对较好和一件相对较坏的事情中选择前者，没有绝对安全的道德高地。

这并不意味着在现实面前满脸奴性，以机会主义的态度追求个人利益的最大化。负责任的人，既不奴性十足，也不一味抗拒。负责任的行动不是一时受挫，就凭血气拍案而起，而是在既定的当下做必须做的事，在不了解也不鼓励我们的人中乐观地活出理想与信心的见证。

在积极的行动之后，要谦卑地承认，即使我们非常努力、十分在乎的事业，它的结果也总有人所无法把握的可能性存在。如果一家媒体宿命般地沦落了，正如我们屡次见证过的，倘若它的角色是社会必需的，那么必将兴起另一群人取而代之。一事败，可以再兴起一事，事业的平台千百年来流转如席；一人败，则是一颗心灵彻底的失丧，谁有可能重新来活？

媒体人有理由为自己参与了推进现实的改善而欣喜，但必须小心检验自己的动机和内心——理想的事业需要我们付出心血。但在实现理想的过程中，我们是否格外在意，这个理想一定要由我们来主导进行？如果不是这样，又当如何？在当下的环境里，这种追问是否因为要求过高而成为苛责？答案是不，因为负责任的媒体的自我要求是高的，因为你要应民众之需去监督，去批评。这不是熄灭而是净化献身于这一事业的热情，不是破坏而是纯化这一事业的本质和目的。

　　以媒体为志业，更要意识到，没有人可以跳过这个世界建立完美的新天地，媒体不是先知，我们理应进入被我们批评的事物的处境，感同身受地体察到，我们恰恰是我们所批判的事物的一部分，甚至是隐藏最深的那一部分。批评者的眼是冷的，血却是热的，不是任由被批评的事物在我们的话语风暴中摇转摆荡，站在一旁只拯救自己的德行。这种洁身自好是自私的，这种自以为是与责任无缘。

　　接受这个世界，并非效法这个世界，而是勇敢地进入它。负责任的行为力争每次都能给世界带来一丝新奇，每次都努力让这个世界的逻辑预想落空。社会的进步，不就是靠一次次原有运行逻辑的失效积累完成的吗？

"人本"的回归与庆典

正逢中华人民共和国建国60周年将至,国家诸多建设成果在国内媒体上得到了集中展现。

中共中央办公厅、国务院办公厅近日印发的《庆祝中华人民共和国成立60周年口号》,汇集了对国家重要领域事务的纲领性表述以及公民应该持有的态度。逐条阅读,其中,第12条就是——"坚持以人为本,实现好维护好发展好最广大人民的根本利益!"

立国之本在人,一切事业的落脚点在人,回顾与总结60年来新中国在人的领域所走过的道路、取得的进步和积累的经验,为大写的"人"的未来探索方向,将是国家庆典中最富于意义的篇章。

深入历史的"人本"

现代政治离不开理念的凝聚和传播,一种执政理念只有生动凝结为简洁有力的口号,才能在最大范围的人群中激起共鸣与相从。通过口号的营销,满足与抚慰人群共性的心理需求,不断唤起水灵灵的新希望,取代枝头原来那几片叶子。

2003年10月召开的中共十六届三中全会上,"坚持以人为本,树立全面、协调、可持续的发展观,促进经济社会和人的全面发展"被正式提出,"以人为本"在那个秋天进入了当代中国的政治词典。

《求是》杂志曾发表文章指出,"我们党提出的以人为本,不是任何其他理论体系中的命题,而是马克思主义理论体系中的命题"。一个政党的活力就表现在它能不断根据形势发展的需要,吸收人类社会的一切优秀的文明成果并提出新的时代命题。而命题的有效性不表现在它为某一政党所特有,而表现在它能最大限度地凝聚人们的普遍共识和正当利益。正因为"以人为本"是一个具有相当普遍意义的命题,超越了狭隘的利益集团诉求,所以获得了广泛的认同。

尽管春秋管仲就说过"夫霸王之所以始也,以人为本";孔子在马棚失火后问伤人了吗而不问马,因为人比马重要;古希腊的普罗泰戈拉提出了"人是万物的尺度",但是,"以人为本"真正具有现代哲学意义、具有社会实践的可能,要等到近代人本主义的出现。

通常的教科书版本是这样的:以人文主义思潮兴起为标志的欧洲文艺复兴,把人对神的崇尚,转向对人自身的崇尚。这种人文主义思潮所倡导的以人为本位的人本主义,与中世纪的"神本主义"相对应,高扬人的意义和价值。

如上所述，人文主义思潮应是人本主义的母亲。但专业研究却表明，"人文主义"是19世纪杜撰出来的用语，文艺复兴时期的人们从未使用过该词。严肃的历史学家甚至建议删去冠在许多人头上的"人文主义者"的称号，因为他们并没有一致的哲学主张和政治思想。有限的共识仅仅在于，他们都曾主张越过中世纪，直接阅读古代经典；而在信仰方面，竟然都相当敬虔。显然，历史被人们从当代的兴趣出发重构了。

西方哲学史上最重要的人本主义思想阐述者，是费尔巴哈，"人"是费尔巴哈哲学的中心和最高对象，他是马克思主义人本思想的重要理论来源。然而，19世纪初普遍弥漫的乐观主义情绪无疑也洗礼了费尔巴哈杰出的头脑，正是在他以及他的后继者那里，人为自己加冕，成为自己的主宰，上帝不过是人头脑创造出来的产物，人自己才是自己的救世主。

"人本"，究竟是以人的理性为本，还是以人的本能为本？人何来的自信，认为自身的理性部分必然战胜本能冲动？对人自身的顶礼膜拜带来了对自然对同类的胆大妄为，于是20世纪成为人类历史上空前黯然的时代。神圣事物被拉下马后空出来的位置，被一甘领袖或野心家觊觎，他们把自己塑造成一尊新神，由这些伟大人物发出的"神圣"号召，开启了无数噩梦。反思这一切，令人恐惧的不是人的能力不足，而是人的能力没有了边界。

清醒的声音最易被喧嚣的时代所忽略。当人们不甘心乌托邦仅仅作为空想和对现实的批判对照存在，不惜代价要把其拉入现实世界的时候，马克思的同龄人布克哈特却在1872年预言现代工业与军事政权的交会、极权主义对人的控制，终其一生，布克哈特向往的是文化自由自在地蓬勃发展，而从不赞叹大国专制或是庙堂森严。蒲鲁东则在1860年预见到了集体大屠杀的出现，只是，有几个人肯信他？

另一方面，"人本主义"对"神本主义"的驱除并没有赢得人的全面解放，反而陷入了拜物教的新奴役，也就是说，被人本主义胜利攻占的阵地几乎一夜之间吊诡地升了"物本主义"的旗号，并开始了空前放肆的狂欢：货币成为新宗教，被无数人虔诚地信奉着。消费主义成为比人本主义更诚实的对世界的描述。

新技术是好帮手吗？

公开承认拜金，因为过于粗鄙而被有教养的人们否认。一个更理性更文明的选择，是信奉科学的力量。西美尔早就指出，货币成了现代社会的宗教。它是承载一切千差万别事物的等价物，自身却空无一物。由货币激发而壮大的现代精神力量只有一种：理性。科学研究最需要理性，科学对人类生活的改变力量有目共睹，于是，科学成为一种新的信仰，而且是每个人乐于公开标榜谈论的信仰。

然而，正如理性本身只是精神手段，要想使这些手段起作用，首先要确定一个目的，而目的唯有意志才能创造。科学同样如此，它需要目的的引领，更何况，科学无法改变人性。物质的完美永远无法取代人的完善。

早在19世纪初，正是对科学的迷信，让法国的孔德天真地预见，现代工业必然要导致消灭战争。德国的洛维特在一个多世纪后以迟到的尖锐坦率地指出："他没有看到，人在统治自然方面的任何进步，都造成了屈辱的新形式和新程度，所有进步的手段也同样是倒退的手段。"

对于那些把希望寄托在科学的发展和新技术的出现，以为政治问题可以由技术来解决的人们来说，要接受洛维特的坦率，即使在今天仍然需要一点勇气。他们最不该忽视的是，在博弈中占据上风的利益集团比弱势者更有条件和机会掌握新技术、利用新技术，为无人性的技术附加一个意志，设定一个服务对象。技术决定论高估了某一具体的技术手段超越特定历史与社会语境的可能。

互联网就是一个近在眼前的例子。人们对它寄予了不切实的厚望，认为它将带来民主化，这种模式化的思维过于简单机械了。最典型的言论是美国前总统克林顿在2000年发表的，他把中国的网络监管比作"把果冻钉上墙"的徒劳努力；而六年后，连微软、雅虎、谷歌都不顾国际组织的抗议开始配合中国政府的网络审查；九年后的今天，果冻在哪？在墙上。中国的网络以防火墙的技术实力傲然于世，在一波波以扫黄为名的网络治理整顿中，人们付出的代价是信息来源多样性的损失，或许还有现实世界里"小姐"

的泛滥。

德鲁克说过，效率是把事情做对、做好，而效果是做真正该做的事。科学和技术只负责解决效率问题，不过问效果。

事实证明，新技术对生活本质的影响被想当然地夸大了。在网络时代里，没有网络，新疆人民一样生活着，还可能因祸得福：那些让父母头痛的网瘾少年全都不治而愈。库尔班大叔究竟是骑毛驴上北京还是坐飞机上北京，只是技术问题，根本不重要。他去北京的目的无非是在精神层面上看望毛主席，在政治层面上反应基层的成绩和问题，在经济层面上希望不要都把工程都包给一小撮人。如果在家门口就能投票表决地方父母官的政绩，为什么还要去北京？

技术作为手段，无法救助人本主义的贫困，因为这种贫困是目的论意义上的贫困。

人的空间和前景

在中国，"人本"面临着叠加因素的多重考验。在人口、人力、人权、人心几个层面上，随着人从生物性的存在、被固定在土地上的低级附属物，成为具有一定技能、能够自由流动的经济意义上的生产要素，到成为拥有完整而立体的权利的政治人、社会人，不再是单向度的经济动物，最终凭借精神领域的超越追求、作为一只会思想的芦苇而确立人的尊严，不同的人因为迥异的人生际遇而停在不同的阶段，每个环节都有痛苦的个体在午夜徘徊不眠。而当个体的自我实现需求与体制性的障碍产生龃龉，这种痛苦将成为无所不在的压抑的来源。

基本的物质匮乏使任何一种理念都显得虚伪缥缈，个体权利被尊重的程度如果处于一种稳定可预期的状态中，将大大提高人们心理上的安全感。数亿人被一个部门负责按照一个模式教育，不可避免地要以损失文化的创造力为代价，网络民族主义的泛滥则可被视为这种教育的一个成果。在精神领域，已故中国佛教协会会长赵朴初生前一直呼吁——让宗教团体成为"在党及政府的领导下，在宪法、法律和政策的范围内，按照自身特点独立自主地开展工作，享有自身的人事、财务、业务自主权的宗教徒的民间性团体"。

"国家"、"国"与"家"之间，以社会化生存为特点的人类，当他/她的社会空间仅仅作为一个消费娱乐场存在着，其权利拓展的可能就被大大削弱了。所谓开放社会，就是要把"人本"的空间嵌入"国"与"家"之间。自2001年户口制度改革试点以来，几乎每年核心媒体都会发布有关该领域的全局或地方性改革措施的消息，但回头看，表面化已经成为户口制度改革的显著特色。改革的艰巨性证明，户口政策绝不仅仅承担着社会控制的功能，它同时也是资源分配、支撑中国经济奇迹的基本制度安排，它不只是水闸，同时是一台水泵。户口制度是判断"人本"前景的晴雨表，如果户口制度最终实现了理想化的目标，那么我们甚至可以毫不夸张地说，中国的政治体制改革与经济增长方式，取得了重大进展和根本扭转。

中国政府1998年就签署了《公民权利和政治权利国际公约》，全国人大常委会迄今尚未批准其生效。公约的签署，表明了中国政府对国际社会普遍原则的认可和一种积极自信的态度，这是根本性的、原则性的，而公约的批准与实行，不妨被视为是技术性的，需要结合中国国情，权衡实际效果，把握时机，而不沦为表面文章。2003年以来，"以人为本"理念的提出、确立、改善与实践，无疑为公民权利落地进一步夯实了基础，营造了氛围。

中国所面临的挑战并不是人类历史上第一次遭遇类似的问题。天下为公的胸襟、学习的能力与自由的试错机制，既不狂妄、僭越，又不妄自菲薄，将有助于缩短摸索解决之道的时间。

今天，人本主义被认为具有成为中国各族群共享的核心价值的可能。每一个曾经鲜活具体的概念，都是在诸多限制条件如灰尘般的层层覆盖之下，在时间的无情流逝中被风干。而根本性的难点还在于终极意义上人本主义面临的悖论，这是全体人类最终无从逃避的考验。

正如流行歌曲里唱的，"月亮代表我的心"，人们通常只有指着更高的事物才有可能起誓立约。"以人为本"就像是一个约定，历史地看，人类从未实现过，因为这个约定从出现开始就失去了缔约的另一方。人人心中都有个魔鬼，如果一切行为都是人自己的选择、都以人的自身好恶为归依，人类失去自身之外超越视角的审视，就将最终失去判断的标准，相对主义的陷阱将使人们不再有能力和信心断定，哪种做法是不"以人为本"的。从历史本身无法引申出批判历史的原则，"历史本身——而且这里所指的不是人类的丑闻史，而是人类巅峰时期的历史——就是对历史的谴责"。

人本主义需要新的回归，在更高的意义上实现它自身。而这，绝不仅是一个政治命题，人在完整生命意义上所应获得的解放不可能通过政治行动来实现。只需一滴无辜者的眼泪，建立在历史理性主义之上的肤浅乐观就将瞬间崩塌。正是在这个意义上，并不存在一个新的国家，但却可能存在一个全新的人。

消费、收费与公费

早在1998年,从遭受亚洲金融危机重创的韩国传来一个词儿——"身土不二",本意与"一方水土养一方人"相近,被韩国人用来鼓励国民消费国货。连带着,一个泰国和尚带头向政府捐献金子共纾国难的故事,也被讲述。彼时舆论,并未多作解读。

而今,"买房爱国"与"消费爱国"的"两爱论",在经济危机中高调出场,虽乏新意,却恰逢其会。这下子,人们都知道是需求出了问题,要"刺激消费"。

消费社会究竟始于何时?简单说,始于1913年美国福特汽车公司的流水线上驶下第一辆小汽车的时候。以福特主义为代表的资本主义大规模工业化生产,将消费模式结合进生产:除非汽车等生活资料的生产创造出对钢材等生产资料的更大需求,否则钢铁产业的发展就将停滞。

现代家庭消费两个最重要的项目——住宅和汽车,都是标准化、同质化的大众耐用消费品。二战以来,西方社会福利化趋势下中产阶级的产生,在经济意义上就是耐用消费品的消费群体的形成，资本在社会主义的压力下，最终通过向劳动者"让利"为大规模的产能创造了市场。

中国上轮经济周期的两大消费支柱，毫不例外，正是汽车和住宅消费。住房是2002—2007年的消费火车头之一，拉动了整个居住类消费。但2008年以来，房地产成交量大幅萎缩，导致居住类消费负增长。2007年底，中国城镇家庭百户轿车拥有量达到6.06辆，2008年第三季度达到8.67辆，已超过同类收入国家的最高水平。

生活必需品的消费是刚性的，弹性不大，劳动者用当期收入就可以支付。人们需要建立起对未来的稳定预期，才会对需要动用储蓄甚至借贷的耐用消费品产生购买冲动。大规模的"以工代赈"等措施，仅能帮助低收入阶层维持生活必需品的开支水平，而无法拉动耐用消费品的消费。"家电下乡"固然可以引动农民掏些"老本"出来，但一则家电对国民经济的推力实在有限，二则2008年农民人均纯收入增幅近年来首度放缓，就算农民为了国家13%的补贴肯动自己的腰包，也不宜冀望过重。

就"消费"而言"刺激"，效果有限，因为目前的困境绝不仅仅是物质消费领域的问题，必须对其进行整体上的检视。发达国家的消费者，身处的是一个立体的消费社会，可以消费日用产品、精神文化产品以及政治产品。要满足如此复杂多样的消费需求，客观上需要为消费行为提供制度保障，让消费者"买得放心、用得舒心、出问题解决起来不闹心"。

改革开放 30 年的成就，大体在于推动了一个消费社会的形成。与已经被解读成"好""坏"两种的市场经济相比，消费社会的提法或许更踏实些，它更多着眼于人与物（产品）的关系。成功摆脱了短缺经济的中国，建立起一个物质产品的消费社会，但整个消费结构单一，存在明显的消费壁垒。即便在物质生产领域，宏观调控一松，资本与地方"权钱交易"牟利的现象就增多；宏观调控一紧，垄断国企的利润表就飘红。顾客作为微观的上帝，头顶光环站在世界的另一端。

以往，我们批评西方国家的弊病时，总把"金钱至上"作为靶子，钱竟然可以购买、操纵文化生产与政党的选票！认为金钱可以主宰一切的想法，无疑是粗鄙的。但在中国，人们有钱也很难消费到令自己满意的文化产品和政治产品，却并不是因为我们更文雅。美国前财长保尔森指责中国的高储蓄埋下了危机的种子，大可被当作别国部级领导的政治漫画来消费。类似的产品，目前国内市场仍然依赖进口。

如果在扁平的消费社会之外，在每个消费者都确信能用购买力相同的货币在市场上公开进行的交换之外，另有一种分配与交换的模式，根据人类社会以往的实践，权力最终总会在这种模式的底片上显影。立体的消费模式，必然要求效率与公平兼顾的民主与法治保障：缺乏效率，是对消费者金钱的直接浪费；缺乏公平，是以特权令消费者的货币变相贬值。

金钱作为货币等价物是匿名的，于是它对所有人的强暴就几乎被视同于自然灾害。这引出了人性的另一悲哀，即对于普遍强暴的漠然无觉。消费社会远非完美。一个人能否拥有在精神和道德层面值得鼓励的人生，很难依靠制度来保证，除非人们从根本上认可不同的性格及生活品质是可比的，比如邪恶比愚蠢要好、平安比丰富要好等等。马克思的伟大就在于他尖锐透辟地揭示出金钱带来的普遍强暴。

在"老马"之后的"新马"——马尔库塞眼中，人类社会存在着"基本压抑"与"额外压抑"：基本压抑指人类生产能力低下时必须从事的痛苦的劳动，额外压抑源自"特定历史机构和统治的特定利益"，因此并不是必需的。当物质产品丰富后，基本压抑趋于消失，大量存在的是额外压抑。"新马"的批判矛头指向资本主义经济体系，而从中国现实出发，这种额外压抑主要来自阻碍改革、企图左右改革的既得利益集团。

当下的中国，是扁平的消费社会、标准的收费社会、繁荣的公费社会。每一次危机，都是一次考验，同时也是一次机遇。巨大的社会潜力在应激反应之后，理性地期待着在主动与被动的交互中，生成新的素质，形塑消费社会的未来。

2009的信与望

多年以后，比如11年后2020年，人们回望2009，心情或许与此刻格外不同。

尽管多种预测认为，这可能是中国经济最为困难的一年。然而正如我们此时回望11年前发生的亚洲金融危机，中国虽然遭受冲击，却以出色的应对，借此确立了在亚洲的领导地位和负责任的区域大国形象，我们有理由相信，本轮全球金融危机并不能从根本上改变中国经济崛起的长期趋势。全球化的最大成果就是中国等新兴市场国家的经济腾飞，尽管它使中国无法在危机发生时置身事外。

如果说，顺风顺水的时候，信心与希望的表达只是纪念大会上锦上添花的贺词，并有令闻者骄傲自大的危险，那么在危机中，信与望就成为对结果有着决定性影响的要素。中国经济的新气质，甚至整个国家的新气质，已然与本轮危机的应对密不可分。波澜过后，今日在世界眼中依然模糊的中国形象，将渐趋清晰，在历史遗传与环境影响的交互作用下，沉淀出现代国家的"国格"，让

"崩溃论"与"威胁论"成为转型史中的注脚。

然而，何谓信？"信就是所望之事的实底，是未见之事的确据"。有信必有果，因为信心决定着我们应对危机的措施和逻辑。无信者绝无未来。

如果有信心，政府官员就不会频出怪招，例如处罚降价销售商品房的企业；就不会呼吁放松最低工资标准和劳动保障等法律法规的要求；就不会急于循老路向市场放出巨额政府支出的信号。政府如果慌不择路，忙上项目，劳工与环保是最可能出现标准下滑的两个领域。经济本身是具有周期性的，如果每轮危机都将导致中国劳工待遇与环保标准的打折和牺牲，可持续发展从何谈起？如果执政党仍将法律视为促增长的手段，法律将很难从根本上改变向社会提供的公平性不足的尴尬现状。而政府放松银根的信号，因为完全被市场所预期，所以即使高达万亿，也未收到明显的刺激效果。

印钞票易，改革难。如果人们确知改革的大方向，但政府支出客观上却在需要大刀阔斧"革命"的领域形成了资产的增加，根据牛顿力学定律，质量越大，惯性越大，日后改革的成本与难度无疑都将加大。这种做法显然并不明智，是给改革的后来人添包袱。

无论中西今古，危机时刻总是呼唤有魄力有信心的政治家，推进国家做出结构性的变革，为社会与民族的长久发展凝聚共识、打造核心动力。日前，胡锦涛主席将改革开放视为"第三次革命"、

"不动摇、不懈怠、不折腾,坚定不移地推进改革"的讲话,无疑适时起到了提振民气并校准下一阶段航程的作用。

改革开放30年,国家的财富积累有了相当大的增加。此次应对全球金融危机,从一开始人们就意识到扩大内需是关键所在。但,扩大内需背后,隐含的根本诉求却是晦涩不明的,需要更明晰的表达:即,在发展的基础上着手进行分配方式的调整。任何一个社会,分配的调整从来就不是单纯的经济问题,因此如果说仅靠经济手段就能实现,也就不可相信不可冀望。"保八"之所以成为许多部门刚性的政治任务,正说明中国社会的利益分配结构已经趋于刚性化。如果政府盲目增加货币投放,当未来通货膨胀紧随通货紧缩而来,某种程度上可以说,又是民众通过资产贬值的方式,被动捐款以纾国难。

在这样的背景与可能之下,伟大的政治家与伟大的政党,甘于被时代的氛围托举,转头俯身紧紧依靠民众,以扩大内需的经济策略为先导,重构国家与社会的结构,调整精英联盟利益与责任不相匹配的关系,整肃贪腐,自我洁净、自我强健。如此方能赢得民众之信,共度时艰。

但,历史与现实都提醒我们,民气可恃的危机时期要防止两种危险倾向:一是权力的过分集中,二是狭隘的民族主义情绪。全球经济不景气,各国的贸易保护主义本就有抬头的趋势,狭隘的民族主义正好授人口实,刺激别国,恶化中国的贸易环境。

而对于前者的担心,也非常具有现实意义。本轮危机实属欧美市场经济体系肇事,各国重拾凯恩斯的国家干预之道,似乎降低了中国改变政府主导经济、监管审批的禁止性条款过多的必要性。其实,正因为人们在危机面前才会充分暴露并承认理性的局限,所以才需要真正开启民智,让数亿颗头脑在自由而宽容的氛围中迸射智慧的火花,交汇碰撞出一个创新型的国家,在公平的竞争中提升经济体的效率。

取法乎上,乃得其中。这一"创新型国家",同样不仅仅局限于经济层面。中国特色之路,特色之核心要素与最高级的体现,最终不是要落脚在文化上吗?!在世界"文明的冲突"之中,在伊斯兰世界与西方世界的对立之间,在欧洲大陆曾经的排犹背景与犹太文明的芥蒂之间,作为唯一与阿拉伯民众和犹太人都拥有互信的交往情谊的中国,理应有为。而中华文明的自我蔽塞与禁锢,使我们的文化日渐沦为导游小姐嘴里的解说词和好莱坞大片的外景地,温吞吞地透支前人的铺垫,浪费历史的积累,漠视只有伟大文明才能承担的使命感。

自由,更以信心为保障。信心与自由的好土,可以让一粒芥菜种,"种在园子里,长大成树",释放社会的活力,孕育一个小小的可能,即使在危机之中,生发成重塑国家气质与形象、影响多国多人的事件。让中华胸中有爱、心中有信的崛起,成为世界的一个美意,在川流不息的天命中温和前行。

在什么层面上，我们彼此相似？

一个群体，无论族群或党派，其中每个个体都能拥有、延续的本质特征，往往是所有人中最低层次的动机与利益，而几乎从来不是最高级的品质。越是被最广泛的人群所继承，越是接近与繁衍生命最密切相关的部分。这是人类社会的特征之一。正如家人散步，要和步调最慢的老人或孩子保持一致才行，他们走得没有那么快，而慢下来对大家都不难。又如在群体性事件中，你找不见天才和圣徒的影子，一目了然、触目惊心的是基本生存权利的被剥夺，和积蓄而来无从疏导的暴戾心理。

如果我们不自认是人格分裂的一群，如何在5·12地震与三聚氰胺链条，以及穿插其间的北京奥运会之间建立起一种基本的联系？在上海，一个青年杀死六名警察；在哈尔滨，六名警察打死一名青年。如果发生在2008年的若干事件只被国人视为连续遭受偶然性的撞击，就像彩票摇号机里接连漏下写着号码的乒乓球一样，那显然证明这群人已经丧失了站在更高处认识事物、认识自身的要求和能力。

无法预计伤害的发生，缺乏应对伤害的手段，被伤害后又常常只能在无法获得安慰的地方找寻安慰，以对痛苦的漠视和生命质量的损失为代价，在生命长度的加时赛中等候刺耳的哨音。就像犯罪小说里的无辜女孩，以性冷淡来遗忘性侵犯。这样的历史状态与情感自愈模式人们并不陌生。

那些地震中在课堂上失去生命的学生，被毒奶粉送进急救室的婴儿，理应让人们更诚实更清醒地看到，无论地震还是三聚氰胺，所促发的对爱、道德与责任的呼唤和褒扬，是在最基本的生命安全受到威胁时迸发的近乎本能的表现。这类品质能否在日常生活中经受个体耐力与群体利益分化的考验，在制度建设中经受智力与理性的考验，就历史而言，不容乐观。

十月底修订并提请审议的《防震减灾法》，在备受关注的地震信息预报方面进一步强化了"归口管理，统一发布"。在食品安全方面，如果有权威部门敢于负责地站出来宣布，三聚氰胺的链条已经追查清楚，除了毒鸡蛋，不会再有新的入围名单，一定能成为头条新闻，最大程度地提升政府的公信力。消费者以法律为武器维权的空间，并未因受到国家背书的产品质量问题而得到扩展。

政府应对危机、处理突发事件的能力无疑得到了锻炼和提高。对一个治理范围广泛的政府，只要不幸事件以一定的时间间隔和地理间隔发生，而不产生悲剧性的谐频共振，就都能通过努力，促进执政能力的进化。回溯过程的问责固然必要，但面对过程的不堪，一个长效的良性结果是人力所能提供的唯一救赎。

如果人长期处于缺乏安全感的环境，最先被损害的就是爱的能力。震后援建过程中，助人者与受助者的一些行为，据说令彼此都伤了心。在这个双向过程中，施不带骄傲，受而无自卑，才能促进群体的亲和凝聚，进而才能谈及"施比受有福"。否则，只能证明人性在当下面临的根本性匮乏，即，不仅匮乏作为名词的"爱"，更加匮乏作为动词的"爱"的能力，因此当人们去实践爱时，竟也收获了伤害。生活的悲剧不在于人群里没有爱，而在于自命相爱的人却彼此伤害。

11月初，记者节前夕，新闻出版总署发布《关于进一步做好新闻采访活动保障工作的通知》，明确提出媒体的五项权利：知情权、采访权、发表权、批评权、监督权。与之恰可对照的是审计署的角色。这两个"专门挑刺"的部门，一个只有审计权，没有处罚权，不隶属于全国人大；一个屡次遭遇"异地监督"的尴尬，在新闻与宣传的路上摸索。两者也合作，一年刮一阵审计风暴；两者也监督，媒体人士在2004年后自我告诫，经济上要经得起审计，审计人员在酒桌上喝死也被曝光。

眼下，政府为应对经济颓势实行积极的财政政策，加大开支，媒体与审计部门亦应闻鸡起舞，全程参与，实时关注，而不是事后联手再掀风暴。在项目选择上，政府与其架桥修路、托举城市楼市，不如在大震之后，排查所有地震活跃带上的村镇危房，根据抗震等级，出资改变"农村不设防"的农民低生命保障的住房现状，变城市"救市"为农村"造市"。

从 2008 年的第一场雪开始,这注定是平淡年代里最堪回味的一年。负面的东西并不能消解人们的努力。只有当黑暗向它的反面转化时,才能产生最明亮最有价值的事物。我们期待这种转化的发生。有人误把奥运会当作是转化以往不愉快经历的一次展示,其实它不是,美德从不繁华。真正的转化往往在危机来临时酝酿,或许就在这一年,从重视内需开始,从提高民众的安全感开始。明亮而有价值的事物,从不介意从最物质最功利的层面上开始它的转化之旅。

不单要震动地,还要震动心

　　脚下的大地会突然震动。原本看似庸碌的日常生活突然变得分外珍贵。这就是5月12日汶川大地震,带给人们最直观朴素的感受。

　　你我都不同程度经历过自己或周围人的疾病、意外,甚至死亡。作为当事人,我们从亲人朋友那里获得照顾与安慰;作为旁观者,我们安慰不幸的人。那时,虽然真诚的安慰与有效的被安慰并不容易,但这与面对巨大的天灾人祸时人所感受到的,仍然有很大的不同。在个体的遭遇面前,人们惯用"命运无常"来自我开解或劝慰他人,把不幸作为小概率的特例看待,以尽快回转原有的生活轨道,继续在社会化的网格中朝九晚五,把可以被轻易震碎的事物作为人生的目标。而数万人的生命丧失与身心创伤,无法不震动心灵。

　　这个世界与震动之前的世界是否有所不同?站在渐归安稳的大地上,敏感的人们体会到现实世界在供给上的一种乏力,即,大面积的灾难令现实世界无法为真善美爱的存在以及真善美爱拥有永恒的价值提供充分的理由。爱不永恒，人便会虚脱。真善美爱绝非科学规律所能论证，它在唯物的世界之外，而在人心之中。爱，是靠你我践行出来的；非道弘人，人能弘道。

人们自发地赶赴灾区救援，以忘我投入的姿态令世界惊叹：中国原来是这样的，这里的这群人，原来有着这样的心灵。这些行为，在日常状态下，在比较文化的视野中，曾被概念化解读为集体主义、缺乏独立的个体意识，群己界域不分等。按照所谓心理健康的标准，那些一定要把鸡蛋塞给士兵和志愿者、被婉拒后竟哭起来的村民，或将被视为心理受刺激后的异常症状。

社会科学，研究人类在通常状况下的普遍行为规律，据此为人们的行为和社会的组织方式提供建议。所有的英雄行为与道德追求，都是非自然的，是一种超拔的努力。制度无法保证产生英雄，却能辖制丑恶，对英雄事迹的宣讲与对制度的反思和改善绝无矛盾。同时，必须警醒，人性中自义的冲动随处可见，灾难，为这种冲动提供了一个道德制高点。面对巨灾以及巨灾击打下的人性，面对以往问题的集中暴露，面对网络民意诛伐异见者的越界行为，人们理应认清并接受人性亦神亦魔的双重属性，懂得谦卑，不轻言胜利。英雄行为不应被轻率地用于论证社会常态之下的各类社会建制与规范运作的正当性。

当哀悼日的笛声鸣响，成都天府广场上民众泪飞如雨，人们高呼"中国万岁"、"四川雄起"、"汶川加油"等口号。对此，或公开或私下，粗暴地套用群体心理学"群氓"理论的人并不少。

对于具体的口号表达人们无须全然认同，但为之动容、值得尊重的是呼喊的冲动与血性。必须深思的是，古老中国的现代化之旅，至今能够提供给民众鼓与呼的精神资源何其之少！基于人性之恶的制度设计难以完全对接，基于人性之善的古老民气常被迫委屈，而今得见，幸未萎靡。

中国的存在，并非为了确证普世价值的局限与水土不服，而是为了给这一价值谱系贡献新的元素。即，在现代政治经济制度框架下，在建设法治国家的进程中，如何吸取、发扬中华文化的因素，有裨于世。被震动的，同样应该是以往过于简单化的文化立场与价值标准。

"只因不法的事增多，许多人的爱心才渐渐冷淡了"，人们对爱仍在、心不死的惊叹与感慨，与日常生活里的无奈与憋闷恰成对照。灾难的意义，总归要被吸纳进对日常状态的反思才得以延续并彰显价值，正如只有学会如何更好地生活，才不枉人们曾与死亡披面相逢刻骨铭心的一刻，才能在来日穿行于死荫的幽谷时，不怕遭害。

痛，就是得医治。每一个悲伤都无可替代，愿生者得安慰，逝者得安息。愿幸存者重新找到生活的意义，愿助人者能更耐心更温柔地坚持。愿感同身受的人们能通过不同方式的参与，从灾难中找到对抗自己心灵残疾的力量。

天灾叩问县级化生存

在辽阔的中国内陆腹地,像汶川这类默默生存的县级城镇,多不胜数。某种意义上,在这里,更可见一个真实的中国。

历史上,汶川所在的川西北地区也曾进入过中央政府的视线焦点。那是在清末,出任督办川滇边务大臣的赵尔丰,在此地实行改土归流。彼时列强环伺,西藏岌岌可危,川边因毗邻藏区、事关国家主权而被清政府着力经营。

费孝通于1980年前后提出的"藏彝走廊"的历史—民族区域概念,更可将人们的视线拉远:从新石器时期直到公元13世纪的元朝,居于高原的游牧民族以大渡河、岷江等几条河谷为主要通道,出山进入成都平原。汶川地区作为"羌人地带",正处于"藏彝走廊"的要冲。这一地区成为游牧与农耕两种文化的交错区。

中国游牧、农耕文化的分界线,自然生态通常都非常脆弱。晚清,随着平原地区人口膨胀,移民压力日增,大量汉族人开始沿着岷江峡谷等通道上溯,而从美洲传入的玉米因耐旱耐寒适应高山种植,逐渐成为该地区羌族等原住民的主要粮食作物。至民国时期，汶川已有大量汉族人聚居。1949年后，当地的经济开发势头迅猛。

在砍光了山上的树木之后，20世纪90年代以来，采矿与水电开发成为川西北最火的行业。勇敢的士兵忍不住抱怨脚下这条烂路拖慢了他们的救援速度，矿老板的卡车把唯一一条通向外界的公路压得坑坑洼洼，国有电力公司不惜在地质断裂带上拦坝蓄水，当然，科学仍无法严谨地证明疯狂的水电开发与地震之间的因果关系。在当地早已濒临极限的环境承载天平上，人们随意添加砝码，谁也不担心自己会成为最后的倒霉蛋，反正，随时可以撤出来。矿石与能源，连同本地一直重视有加的学校教育所培养的人才，被源源不断输送到近的成都，远的北京、上海、广州……

尽管在中国的政治版图中，像许多县域一样，该地无法阻挡自身被逐渐边缘化的趋势，但即使到了1970年代，仍有全国地震会议在汶川召开，哈尔滨等众多省市的地震观测部门争相来此学习经验。这表明，至少仅凭其位于地震活跃带的地理意义，以及在本地及周边的历次地震中的防灾成绩，汶川地区仍能在全国的话语权分布图上标示自我的存在。

那之后的几十年里，或许只有少数乘车前往九寨、黄龙旅行的游客，记住了他们中途午饭的一所小城——"汶川"。这一切，直到2008年5月12日下午14时28分被瞬间改变。之前，已有数份地震预报指向该地区。如果这些信息涉及的是省会级重要城市，人们将会如何选择？

抛去政治、经济与文化生态不谈,摊开西部省区地图,直观上,以汶川为代表的这类内陆县城,通常沿主要交通线的两侧分布,其与外界的联系渠道单一,人口却并不稀少,尤其是城镇周围的山区里往往居住着大量少数民族原住民,交通线于是成为名副其实的生命线。与汲取能力相比,政府为县域地区提供的公共产品相当有限,地震后的水陆空立体救援,倒像是对以往欠缺的公共服务用品的一次集中消费。很多老乡,还是第一次见到汽车和飞机。

在这样一幅场景面前,救援无疑是难度非常大的。挡在路面上的,似乎不仅是泥石流,还有那么多年的欠账,更让英雄的救援人员头痛的是,建筑物竟也像泥石流一样瞬间瘫软在人们眼前。掀开一块预制板,便会惊起一片号啕,包括手拿相机的记者,竟也泣不成声。如此救援,与其说是一次自我证明,不如说是一次自我救赎,在生命面前。

历史上,由于经济落后、底子薄而长期形成的低生命保障的住房政策和标准,在中国县域地区遗留了大面积的房屋安全隐患。在改革开放30年已取得重大成果的今天,理应在民生领域彻底贯彻"以人为本",全面建设"和谐社会"。

天灾叩问之下,脆弱的县级化生存已暴露无遗。年初的雪灾中,衡阳、郴州等地尚处交通干线因而汇集了众多关注,贵州等地县城乡镇的孤岛之困,已充分显示了它的脆弱性,只是仍未引起人们的系统反思。未来县域地区如何实现自我发展,如何在大的政治框架下获得同等权利与待遇,接连的天灾不知能否催生县城寻得突围之路?

而中国,腰上腿上缠挂着一串串经不起考验的易碎品,正急切地奔跑在融入全球化浪潮的路上。

传统在那，文化在哪

今年两会上的文化提案，热点集中在呼吁加强传统文化的传承与发扬，具体手段则不一。反应较为热烈的，例如：在小学开设繁体字教育、把京剧曲目加入中小学音乐课、将书法纳入义务教育范畴等，代表们不约而同把弘扬传统文化的重担压在了18岁以下的肩膀上。看似着眼于未来，却过于轻易地放弃了现在。

任何一种传统文化的死亡，与其说是因为孩子们背诵不出经典，不如说是因为成年从业者失去了以传统为养料进行创造的能力。也有代表提议，把传统文化的主要著作和内容"列入各级党校、各类培训学校的必修基础课"，"特别是文化部门的领导，应该尽量去熟悉传统文化，熟悉了才会有热情，有热情才会有动力"。

与成年人有关的还包括：出钱——设立"中国文化产业海外发展专项资金"，用于支持中国文化产品的出口；立法——制定"中国优秀传统文化保护、继承、弘扬法"；以及盖楼——在山东济宁建一座中华文化标志城，有代表认为它是"传承中华文明的千秋伟业"。

另一个更加"成人"的话题是全国政协委员冯小刚抛出来的："扣子解到第几粒算色情？"作为商业片导演，冯导并不是在要求创作自由，甚至也不是在要求提高管理的智力含量，而只是要求影片审查制度的规则清晰：你说是第几粒就第几粒，但你必须清楚地告诉我，第几粒？资本在任何市场上都要求制度具有可预见性，以降低交易成本。

例如《色，戒》女主角汤唯的广告片遭封杀，在政协会上，有关负责人并未说明原因，只声明"对事不对人"。以往的王小帅等导演以及近五年不得拍片的娄烨，是否属于"对人不对事"的例子，公众不得而知。冯小刚认为，中国大片正逐步市场化，但制度层面却还停留在"计划时代"，这是中国电影难以同好莱坞竞争的根本原因。

这同样是发扬传统文化不得不接受的生存环境。民族性的东西是很难靠外人发扬的，而且对于海外华人利用其他地区的制度优势自由发挥创造力的成果，比如高行健获诺贝尔奖、李安获奥斯卡奖、余英时获克鲁格奖，国内反响含糊。只有李安曾遭表扬，直至汤唯事件为止。

日前，国家宗教事务局局长叶小文对媒体表示，"社会主义与宗教问题这个难题被出色地破解了"。他系统梳理了执政党在宗教问题上面临的挑战和政策，并谈到，"我们要抵御意识形态领域特别是宗教领域的西化，就需要……保持和发展民族文化特性"，"要充分挖掘宗教文化中的积极因素，融摄儒、释、道等中国传统文化的有益成分"。

曾经对传统文化的践踏，客观上起到了为西方文化及宗教清场的作用。传统要延续，必然需要新的阐释与再创造。以老子为例，叶小文说，"对《道德经》的重新审视，是中华传统文化向现代化、全球化转化与重塑的一次努力"，其中"蕴含着丰富的'和'的理念，和谐的人类健康思想，和谐的治国安邦思想……用东方之祥瑞和气缓和世界'文明的冲突'"。

如果老子仍然戴着"没落奴隶主贵族的代表，为统治阶级讲解'南面术'"的帽子，只能证明子孙的不入流，自甘堕落。文化原典中的精华，足以滋养当代。

这里有中国迄今为止最伟大的反战宣言——"兵者不祥之器……不得已而用之……胜而不美，而美之者，是乐杀人。……杀人之众，以悲哀泣之，战胜以丧礼处之。"（不可动辄言战。即使打赢了也不要得意，为战胜而高兴就相当于喜欢杀人。）

最尖锐的针砭时弊——"朝甚除，田甚芜，仓甚虚；服文采，带利剑，厌饮食，财货有余；是为盗夸。非道也哉！"（在豪华的办公楼里衣着光鲜、威风八面，吃到厌食症，赚到手发软，另一边却农田抛荒，没钱没粮，岂有此理，简直是强盗啊！）

被后世为政者遗忘最彻底的劝诫——"天下多忌讳，而民弥贫"，"容乃公，公乃全，全乃天，天乃道，道乃久"。（少点禁忌，政府要有包容力、公信力，才能可持续发展。）

以及最动人的宗教情怀——"善者吾善之，不善者吾亦善之，德善。信者吾信之，不信者吾亦信之，德信。"（无论人们是否良善、诚实，我都以诚善相待。这样才能拥有善良与诚信。）"是以圣人常善救人，故无弃人；常善救物，故无弃物。"（每个人、每件物都有值得珍爱的价值，没有谁是应该被牺牲的。）"既以为人，己愈有，既以与人，己愈多。"（越助人，越受益；越给予，越富有。）

这些不正是对普世价值最古老的阐述吗？！

正由于传统文化不轻易附和"潮流"，所以它才能慰藉人心。在任何一个时代，传统文化进入当下最快捷活泼的通道不是赞美，而是批判。

效率的反面

按词典解释，效率指单位时间内完成的工作量，简单说，就是活干得快；作为一个中性词，它是对完成过程的描述，至于是否做得好，不一定，因为"好"是一种价值判断。效率是搭在人与目的之间的桥、一种手段，它是好的还是坏的，要看它被用来做什么。

"不奢望天长地久，只要是曾经拥有"，这就是现代社会的特征之一：过程获得了独立于目的和结果之外的存在价值。于是对过程的描述——有效率、快，就被人们主观赋予一种美感或褒扬，成为值得追求的对象，原本的目的反被忘记了。就像飙车族完全忘记了自己要去哪里，最终能否到达他也漠不关心，而只顾陶醉于汽车这一技术手段所带来的速度刺激之中。

效率被现代人视为一种美好的品质，甚至拥有了与人格类似的尊严。在中国语境下，经济领域市场化改革的出发点是充分释放经济体的活力、提高资源配置效率，效率与自由主义、主流经济学家就此构成了一组互为链接、可以引发相关点击率的概念。

在一段时间内，为了效率，可以牺牲掉许多东西，多到足以令人怀疑生活的意义。

对"美好"效率的质疑是必要的，批评者提出公正或公平的概念，作为效率的对立面或补救措施。但效率原本就是中性的、工具性的，而公平是一种值得向往的理想状态，所以两者其实并不对等。更为重要的是，对改革过程中公平原则的重视，并不必然推导出对自由原则的否定。从人的自然状况出发，天赋人权，生而平等，同样，人也是生而自由的，可见自由与平等作为一对古老的冲突，很难单凭人权确定谁是第一需求、第一权利而得到一劳永逸的解决。尤其在当代中国，必须回答的是，社会转型期的不公现象与占据主导地位的政治、经济秩序究竟有何关系？

对效率的反诘不是公平，简单说，就是慢下来，正如快的反义词就是慢。快速做事的反面，是慢慢做人。因为对手段过于投入就会忘记目的，唯一的办法就是把最终目的引入对过程的监督，时时提醒自己，心怀终点而不迷恋速度。

昆德拉在一部叫作《慢》的小说中写道，在速度之中，人抓住的只是跟过去与未来都断开的瞬间，脱离了时间的延续性，什么都不害怕，"因为未来是害怕的根源，谁不顾未来，谁就天不怕地不怕"。

关于过去与未来的另一个说法，来自鲁迅所喜爱的俄罗斯作家阿尔志跋绥夫。"所有这些被津津乐道的幸福，这个黄金时代的一切，连同人类的全部未来，是否还能抵得上一个渺小、饥饿、屈辱的大学生所承担的所有不为人知的苦难呢？……为了你们这些未来的人，还需要多少同样渺小而默默无闻的幻想家，还需要多少鲜血与痛苦！……为了你们……未来幸福的猪猡……代价是不是太高昂，牺牲是不是太巨大了呢？"

历史证明，长期地看，人类整体的命运从未系其安危于一人一时一事。蒙尘的书页间堆积了无数英雄的史诗与理想的实现，然而今天的人性竟有何改变吗？人们大可不必自命自己肩负的一定是只争朝夕的伟大使命，人类因自负而收获的教训，远远超过从谦卑中获得的收益。太阳之下，地面之上，没有任何一项事业伟大到可以要求人们不计手段、只求效率。以人为本，就是要安心成人，而不是急于成事；事业成功了，干部倒下了，人心失去了，得不偿失。所谓"十年树木，百年树人"。

生活就像一部《西游记》，既然知道我们是去西天的，路上也就不用急了，不可腾云驾雾，不可运用法术变幻，而要用脚印把这条路一步一步丈量过去，每段旅程的遭遇都是对各人信仰的一次历练，都是对同一命运共同体之中每个成员能否互相担当、彼此托付的考验。九九八十一劫，一难不少；师徒贤愚莫论，不弃一人；这并非成仙之路，而是成人之旅。也不妨欣赏一下沿途的风景，品尝几样当地的小吃。

在一则"采访上帝"的小故事里，有人问上帝，"人类的哪件事最让你感到惊讶？"上帝回答："他们之中，很多人活得好像永远都不会死，却死得好像从未活过一样。"

急什么呢？利率上升的幅度永远追不上通货膨胀，身体衰老的步子总是赶在欲望之前；农民工刚涨工资，猪肉就涨价了；奥运会还有一年呢，场馆就建好了，就闲着，就要日常保养，就要计提折旧。速度也好，效率也罢，请牢记，这只代表工具的性能。

客观世界没有目的，正如大自然本身无所谓好坏，唯有人的意志才能创造目的。效率的价值取决于目的。如何形成被尽可能广泛的人群所认可的目标，就成为人类社会化生存的一个重要问题。政治自由与民主的价值，也就在于它可以帮助人们以文明的方式寻得共识，最大限度地保证个人不被他人奴役，当然，它无法保证人们不遭遇自我的迷失。

作为时评家的孟子

近日被媒体披露的安徽省阜阳市物价局原局长张洪钧,因调查并制止教育乱收费遭到阻挠而辞职。到7月上旬,物价局被个别市领导"整治"得账户上仅剩下9毛钱办公费。

对此,孟子评论说:领导有错误,当干部的要敢于批评——"反复之而不听,则去"。不知颇具孟子硬气的张洪钧,是否读过《孟子》?眼下,"民贵君轻"论,正被本土人士当作论证西方民主不适合中国国情时频繁引用的传统文化资源。

在孟子看来,那些与领导同属一个政治阵营的公务人员,其实不应该采取辞职的方式,一走了之太不负责了,而要做出更有责任感的选择——促成领导的更换("君有大过则谏,反复之而不听,则易位")!

尽管张洪钧可以利用的资源和手段有限,但他还是本着负责任的态度,以当面递交书信的方式对个别市领导进行强烈"劝辞",推动"易位"。在《劝辞信》中,他说:"能让大家都有学上,才是教育发展的方向,而不是向学生多收费才是支持教育发展。虽然只是50元,但对贫困的农民家庭来讲,这是他们的血汗钱啊!"胡锦涛总书记"权为民所用,情为民所系,利为民所谋"的"民本"执政理念,在此得到了集中体现。

这并非孟子在2005年的第一次出场。年中,新华社下属的《望》杂志在时隔近半年之后,独家对四川汉源数万人规模的群体性事件做出解读,称当地原县委书记与不法商人形成的官商利益集团"长期操控县城经济的命脉,毒化党政风气,引发社会动荡……'官商利益共同体'取代党在基层的执政地位"。

6月11日,河北定州发生村民因征地纠纷被200余人有组织地殴打的案件,公安机关迅速侦破,定州原市委书记等被刑拘。

邹穆公在2000多年前就很为这些"刁民"发愁:"诛之则不可胜诛",不收拾他们吧,这些人看着公务人员被冲击却不援手,以后群众都效仿可怎么办(见《孟子·梁惠王》[下])?孟子对此评论说:"百姓饥寒交迫、无家可归的时候没人理,干部都忙着点票子,不如实向中央汇报基层情况,这就是领导干部在漠视、残害群众啊。你怎样对待群众,群众就会怎样对待你。出来混,迟早要还的('民今而后得反之也')!"政府公信力的丧失与长期积累的官民隔阂,是群体性事件飙升的原因之一。

对王余斌讨薪杀人案,孟子再度发言:"有恒产者有恒心,无恒产者无恒心。"缺乏基本生活保障的人容易铤而走险,等到老百姓犯了罪,就"从而刑之",让他们在稀里糊涂之中就被办进去了,"是罔民也"。孟子对弱势群体犯罪现象的分析,显然超越了对具体案情的法理探讨，而颇具社会学眼光。

再早些，与张洪钧同样选择辞职的乡党委书记李昌平的名言是——"农民真苦，农业真难，农村真危险"。其实孟子早就概括了农民的生存状况——农民的财产，上不足以奉养父母，下不足以维持妻儿开销；"乐岁终身苦，凶年不免于死亡"；所谓仁政，起点不过是供养家人、安葬死者而没有什么顾虑（"养生丧死无憾"）。一张可以令人"无憾"的社会保障网，有赖政府进一步完善。

除了那句广告标签似的"民为贵，社稷次之，君为轻"，作为"中国式民主"鼻祖的孟子还说了许多狠话。不然洪武三年，朱元璋也不会咬牙切齿地说："这个老帮菜要是活在今天，看我不废了他（'使此老在今日，宁得免乎'）！"（《明史太祖纪》）随后，朱皇帝命人出了一套《孟子》删节本，删除80余处。

其实，孟子内心对领导干部的态度是极其复杂的，既尊重、爱护，又哄骗、诱导，甚至鄙夷、威胁。孟子为后人示范了如何更体面地与权势打交道，参与的艺术始于此。他能从齐宣王喜欢通俗音乐论证出齐国施行仁政的可能性：(A)"独乐乐"、(B)"与人乐乐"，请问齐宣王"孰乐"？齐宣王当然会选B，说大家一起听歌、"与民同乐"好一些。这就跟我们说某人爱看超女，所以某人一定能关心群众疾苦是一样的逻辑。

李敖访问大陆时，给小学学弟学妹们的题词"虽有智慧，不如乘势；虽有镃基，不如待时"，亦是孟子所言。

问题的关键不在于是否有"与民同乐"的愿心,而在于当经济利益成为多数人获取快乐的主要源泉且资源有限时,必须有实际的措施约束权力与民争利的冲动,允许在博弈中产生相对公平的分配机制。孟子的目光停在高处,不及社会生活的复杂性,更遑论对此进行规范,最终这块无从回避的领域被法家盘踞,在文化中积淀为中国建设现代法制社会亟待清理的糟粕。

2005年的成就与幸福,远超2000多年前人们的想象;2005年的困苦,变化无多;2005年的时评,水平多在孟子之下。终生信仰"人性善"的孟子,虽然说过许多当权者不爱听的快语狠话,但除了对个体的道德砥砺与人性感召,毕竟无法提供任何一点针对"人性恶"而做出的温和中庸制衡的制度设计,难以为中国的民主实践提供实际参考。

"中国制造"的信用重塑

美国《基督教科学箴言报》在8月的一篇文章中,对本国的假冒伪劣商品史并不避讳。甲醛保鲜的肉类、工业色素勾兑的白兰地、含有石蜡的糖果,"一个世纪之前,美国消费者无法放心使用本国产品……顾客必须小心,否则就会上当乃至中毒"。丑闻被媒体持续曝光,"消费者的怒火最终促使情况发生了变化"。

假冒伪劣商品的历史几乎与人类的贸易史一样悠久,在经济发展的某个阶段,类似事件的发生并非特例。今年3月份以来,肇始于有毒狗粮的"中国制造"风波亦如此。

所不同的是拜全球化所赐,不再只是本国的消费者对本国产品愤怒,而很可能是别国的消费者对"中国制造"表示愤怒。由于政治家之间缺乏互信,甚至由于中国处于产业链低端并无自有品牌供别国消费者泄愤,事态于是酝酿出一种令人敏感的可能:整个国家的信用形象有被丑化的风险。

假冒伪劣产品充斥的生活,约等于假冒伪劣的生活。如果一种体制没有给予公民投票权,那么它很可能同样不会给予消费者对商品的选择权，这在逻辑上是一致的。美国消费者的怒火可以通过美国消费者利益委员会或美国消费者联盟等组织喷发出来，烧灼政府和企业。

今年初，中消协正式成为财政全额拨款单位。此前中消协因为没有诉讼主体地位，不能代理消费者起诉；被财政完全吸纳之后，这点并无变化。中国消费者可以连续将某些行业评为年度投诉最多的"明星"，星光却依旧灿烂。刚刚通过的《反垄断法》对消费者维权的实际意义如何，尚有待检验。

其实，"出口转内销"一直是国内商家吸引消费者的有效策略，可见"眼睛雪亮"的群众对出口商品的质量信心普遍强过内需品。据《求是》杂志社主管的《小康》研究中心的最新调查，78.8%的受访者认为国内"制售假冒伪劣产品"的现象非常严重或比较严重；78.36%的受访者认为，现有环境下企业不讲诚信仍能获得大量利益。不妨把这两项数据，视为对产品生产环节与监管环节的评价。即便如此，企业家群体的信用度仍仅列倒数第2位，政府官员被评为信用最差的群体。

台湾《新新闻》杂志有一个专门针对岛内政客的小栏目，很有趣：某政客若在竞选或是任期内承诺某事，那么期限一到，杂志会旧事重提，摆出事实让大家看看当事人是否守信践约。

政府信用是社会整体信用水平的基础。日前北京市审计局的报告披露，京石高速公路北京段，截至2004年底已收费17亿余元，偿还贷款后剩余近6亿元，相关部门却允许其继续经营到

2029年。收费理由是"贷款修路,收费还贷"。

回忆初闻"审计风暴"之时,坊间大有"金猴奋起千钧棒,玉宇澄清万里埃"的振奋精神。今年7月,国家审计署再次通报中央各部委共有358.7亿元的问题资金获纠正,媒体与公众的反应已颇为从容。毕竟,类似"圣人出黄河清"的前现代式幻想,只宜去《西游记》的魔幻中寻找。

如果问题的持续揭露没有带来实质性的改变,那么势必引发反作用:违法违规的行为被日常化,最终被社会默认。公众在"审丑疲劳"中,对社会整体信用程度的感受迅速恶化。

诺贝尔经济学奖获得者莫里斯·阿莱说过:"如果想要实行民主制或者市场经济,成功的关键要素是建立信任,对内建立信任,对外建立信任。"作为生产者与监管者,企业家群体与官员群体信用度的持续下滑,最终势必通过经济领域的物质形态反映到"中国制造"的国内、国际形象上。

孙悟空的不成熟就在于,他没有认清,这个世界本质上是一个人妖共存的世界,妖精不可能被"一扫光",因为背信获利的诱惑随处可遇,人性若非如此,何需制度约束?重塑"中国制造"的信用品牌,正如政治领域的反腐败,需要长期努力于制度建设;二者甚至是正相关的,因为腐败就意味着官员没有守约完成民众信托给他的责任。对未来过于高蹈的承诺,其实是对现实信用的透支。

"中国制造"的信用危机,不仅是一场需要成立高规格的领导小组以急智应对的国际风波，因为言过其实的风波终将过去，更是涉及每个中国消费者根本利益的问题获得改善的序曲，因为政府行为是撬动社会信用环境改变的杠杆，是信用重塑的第一推动力。

我们是谁的人质？

塔利班制造的韩国人质事件，目前仍未解决。美国对恐怖分子绝不妥协的立场早已表露无遗，但即使剩余人质性命无虞，最终得以重返家乡，其所引发的思考也远非政治层面所能道尽。

正如美国政客曾说的，反恐是一场战争。该起事件发生的一个重要背景却是宣扬爱的宗教：此次被绑架的韩国人，均为该国一基督教团体派往海外的传教人员。

国外媒体已有文章，剖析韩国基督教社团的生存状况与发展策略。持同一信仰的人们，近来的祷告中增添了祈愿人质平安的内容。这一被新闻报道所广泛忽略的信息，首要传达出来的是对陷入险境的人们心灵上的支持与共在，然后，才是理性的分析：频频组织人员前往"高危险"地区传教的策略是否明智，将被严肃地反省。

历史上，因传教而起的争议甚至冲突变得较为少见，只是晚近的事。2001年，教皇保罗二世在"纪念利玛窦抵北京四百周年国际学术会议"上发表谈话，"教会成员在中国的行为并非绝无过失。这是人的本性及其行为有限度的自然苦果，也是复杂的历史事件，以及彼此冲突的政治利益纠缠，而难免造成的恶劣环境的影响……在近代历史的某些阶段曾出现一种依仗欧洲列强势力的'保教权'……损害了教会在中国人民心目中的美好形象"，含蓄地"请求宽恕和原谅"。

在史料检索中，人们可以发现许多值得驻足品味的细节，比如：二战期间日本天主教徒反战、反对国家主义的声音，基督教在韩国摆脱军人政府统治中的作用，教皇对1980年代波兰民主化的影响等。再远一点，是马克斯·韦伯的《新教伦理与资本主义精神》，这本书20世纪在中国流行得不清不楚的，在某部关于文艺青年在路上的小说里，先锋而颓废的主人公口袋里就揣着这么一本。

然而几年之后，当"资本主义精神"全面来临，物质与欲望的冲击空前密集有力的时候，人们开始真切地体会到一种缺失。在食品致癌、劣药致死的新闻中，人们对信任、道德底限、价值重建的不断呼唤，都表明这种缺失一直没有得到平复。

于是许多人重新想起了传统文化资源，但儒家传统价值观早已无力负担对社会的整合功能。历史上儒家与国家过于紧密的关系，使得老大帝国政治崩盘后，随着科举制度被废除，作为人才遴选机制的儒家体系就被政党政治所取代，失去了在现实体制中的位置，只能全面退守到个人修养层面。

同时，现代政党接管了儒家的宗教性遗产：道德资源与教化功能,这部分原来由圣人肩负的使命改由官员负责,效果自然大打折扣。因为成圣成贤之道毕竟有艰苦的功夫要下,官员的腐败却容易得多。于是道德想不虚伪也难,蒋介石推崇了一辈子王阳明的知行合一,却被末代大儒梁漱溟评价为"自私、不守信"。

古语云,礼失求诸野。而黑砖窑事件,若孔孟在世怕亦有"礼仪废坏、人伦不理"之叹,经过坚持不懈的"反对封建糟粕",本土精神资源即便在乡村也消亡殆尽。城里野外一个样,人们的心灵被清扫一空,几乎是赤裸裸的,无所依凭地被货币经济的潮水冲刷浸泡。民间宗教信仰的复活和增多,官员们热衷于建庙修殿立牌位,从两个方向上证明了人心长期空置之后的自然需求。

中国人"安身立命"的老话,在温饱问题基本解决之后,正在转为"安心立命"的精神需求。在矛盾与分裂中,心灵不可能得到安顿。所谓"和谐",在个体层面上强调的正是对心灵的照拂,因为它是对存在状态的认可,对主客观分裂的弥合,是吾心所安处。

这个时代的生存境况,信仰的贫瘠使人们在选择的困境中无处可逃地沦为人质:在发展经济的过程中,作为发展目的的人,被拉动GDP的阶段性政策所绑架,沦为发展手段的人质,太湖蓝藻等污染频发就是证明;或者把当下个人失去底限的行为推诿给可能需要漫长演进才能完善的制度,沦为环境和制度的人质;或者是沦为记忆的人质,甘愿让现在与未来被历史绑架;或是某种宏大叙事的人质。这些隐藏在我们文化中的"恐怖分子",对每个个体有限生命中的爱与哀愁，缺乏起码的尊重和关爱。

而对那些理应批评、甚至谴责的人与事，人们要想不成为激愤情绪的人质、不被"批评家"的职业身份所绑架，首先应该付出同情。"纸馅包子"假新闻事件表明，批评本身也会绑架人们的良知。

看看那些窑主与工人、头戴面纱的绑架者与韩国人质，错误的直接制造者与受害者，还有发生这一切的作为背景的中国乡村与阿富汗村庄，你心中作何感想？唯愿所有人质终得自由。

在一个更广大的计划里

如果为已经过去的一年寻找一个一以贯之的关键词，非"和谐"莫属。"和谐"理念如风行水上，那些蹲踞在"和谐"对立面的现象就显得分外突兀，催人改进。

"发展是硬道理"，这一简单而生硬的官方表述终于遭遇到迟来的追问——我们究竟需要什么样的发展？人们抛弃了对发展的单向度理解，还概念以丰满；面对诸多新闻旧事，终于认识到一个值得追求的发展绝不会像竞技体育一样，单单意味着更高更快与更强。

另一方面，1980年代末以来，当公众的生存场景被"稳定压倒一切"的政治讲述所笼罩，时代大潮下几经分流的人文知识分子，始终未能为社会提供一种精神资源和话语策略，使被挟持的公众得以摆脱沉重的无奈感。这种无力与无奈，使虚无与冷漠迅速成为我们的时代特征。因此随着"和谐"理念的风行，一种最简单的拆字游戏式的解释也广为流布："禾""口"为"和"，就是人人有饭吃；"言""皆"为"谐"，就是人人有话说。显然，人们想说的，是没有被"硬道理""压倒"的话。理念应时而生，对理念的诠释更是如此。

只有和谐，才可持续。世界已不复是"四海翻腾云水怒，五洲震荡风雷激"，多少事，不能急；可持续发展，一万年不久，不争一朝一夕，没有理由不把我们的事业放在一个更广大的计划里。一届任期应如何？十年规划怎行事？不求速成，不求当世显效，薪尽火可传，寄托长远。只有身处一个更广大的计划里，民众才不会产生这样的疑问：吾国可保30年增长之奇迹，可保300年之繁荣乎？"和谐"，只是心有所信后的一种生存状态，尚需寻求缔造与保障中国社会和谐的精神资源与信仰根基。

有所信仰，才能不被短视所伤，抵制不计手段只求目的的便宜法门的诱惑。这是对社会整体上的伤害，所得远难与所失相抵。志存云上，而在泥中行路，不惮芜杂，不避琐碎，吾邦维新，实无捷径可寻。

三十年改革的成功经验就是，想通哪些做哪些，不求全盘想清才行动，而是立即投入改变，在行动中思考那些尚未想清楚的部分，是否可行？何时施行？还是仅属于某国某族囿于一隅之特例，只能被搁置在博物馆的展示架上？果真"东海有圣人出焉，此心同，此理同。西海有圣人出焉，此心同，此理同"，则变革的行动但从朝夕做起，不苟且，不推诿。

知而不行，不是真知，比之不知而不行者，恶劣尤甚。无他故，利益分化使然。所谓重建改革的共识，事关利益调整，自然不难出现"人人有话说"的场面,但意见是否能够得到有效的表达,才是关键,这应该是一个平等博弈的过程,而不是民主集中制的程序。

旧岁将尽之际,时任国务院副总理吴仪12月14日在中美战略经济对话会上说,多年来,中国在国家领导制度、选举制度、立法制度、决策制度、司法制度、监督制约制度等方面的改革不断深化,保证人民行使民主选举、民主决策、民主管理、民主监督的权力。

展望未来5年,她说,中国将重点推进行政管理体制改革,加快政府职能转变,建立法治型、责任型、服务型政府,减少政府对资源配置和微观经济运行的直接干预,加强政府提供公共品和公共服务的职能,建立健全以间接调控为主的宏观调控体系。中国尊重和保障人权,重视国际人权公约在促进人权方面的积极作用。到2005年,中国已参加21项国际人权公约,并采取多种措施认真履行公约义务。

吴仪的发言对象不只是与会的美方代表,更是面向国内民众,使13亿民众认清国家发展的方向,知晓什么是大势所趋,莫之能御,对前途充满信心。

今日环球之格局,除了那种可以把暴君连同那里的人民一起炸死的价值观之外,尤其亚非各国,尚有望于吾邦,希冀于中华文明的创新,能够提供一种言行一致、知行合一、内外无别、文化平等的既有担当而又温存有礼的哲学。这无疑是一道窄门,但也只有穿过这道窄门，国家的崛起与民族的复兴，才真正可期。

没有理由不认为，中国的变革处在一个更广大的计划里。因此凡事忍耐，人间正道是沧桑，在法律的框架内维护合法权益，不伤害别人，不伤害自己；凡事包容，不妄下论断，为人与事的进步和改良预留空间；凡事相信，相信东海之大，不弃涓流，相信公理不废，相信每一个善意的承诺必将践履；凡事盼望，唯希望常在，故君子虽百经磨砺，犹能自强不息。

图书在版编目(CIP)数据

从失去开始的永远/刘阳著.—北京:商务印书馆,2011
ISBN 978-7-100-08670-7

Ⅰ.①从… Ⅱ.①刘… Ⅲ.①随笔—作品集—中国—当代 Ⅳ.①I267.1

中国版本图书馆 CIP 数据核字(2011)第 207341 号

所有权利保留。
未经许可,不得以任何方式使用。

从失去开始的永远
刘 阳 著

商 务 印 书 馆 出 版
(北京王府井大街 36 号 邮政编码 100710)
商 务 印 书 馆 发 行
山东临沂新华印刷物流集团
有 限 责 任 公 司 印 刷
ISBN 978-7-100-08670-7

2012 年 2 月第 1 版 开本 889×1194 1/32
2012 年 2 月北京第 1 次印刷 印张 9
定价:29.80 元